흐르는 대로, 네덜란드

흐르는 대로, 네덜란드

ⓒ 유석, 2023

초판 1쇄 발행 2023년 11월 13일

지은이   유석
펴낸이   이기봉
편집   좋은땅 편집팀
펴낸곳   도서출판 좋은땅
주소   서울특별시 마포구 양화로12길 26 지월드빌딩 (서교동 395-7)
전화   02)374-8616~7
팩스   02)374-8614
이메일   gworldbook@naver.com
홈페이지   www.g-world.co.kr

ISBN   979-11-388-2469-9 (03810)

2년간의 체류 기록

흐르는 대로, 네덜란드

유석(流石) 지음

좋은땅

흐르는 돌입니다. 떠돌이죠. 사색하고 끄적거리길 좋아해요. 2021년부터 2023년까지 2년 동안 네덜란드에서 일하고 생활하며 흐르는 대로 써 본 개인 블로그 기록들을 책으로 엮어 봤습니다. 수필 아니면 일기 중간쯤 되는 무언가죠. 시와 짧은 소설도 있어요. 남의 일기장 엿본다 생각하고 가볍게 읽어 주시면 좋겠군요. 함께 흐르며 공감하고 싶으시다면 다음 장으로 넘겨 주세요.

목차

2023년 새해 — 8월

○

2022년 5월—12월

흐르는 돌(流石)

2022. 5. 11.

   서툴고 모난 돌이 발에 채이고 구르는 여정을 한다. 여정 중에 참 많이도 물에 깎이고 바람에 깎인다.

   따뜻한 물, 찬물, 따뜻한 바람, 찬 바람.

   여기저기 부딪쳐 모가 떨어져 나갈 때마다 아프기도 여러 번, 울기도 여러 번. 그렇게 한참을 굴렀을까, 못난이 돌은 마침내 곱게 다듬어진 둥글이 돌이 되었다.

   나는 지금 흐르는 인생을 여정 중인 돌이다. 흘러라, 돌!

끼적거림

2022. 5. 12.

춥고 우울해

네덜란드는 한국보다 위도가 높다. 겨울철에는 양 뺨 피부가 하얗게 일어날 정도로 혹독한 바람이 불어온다. 그야말로 '바람 맞는다.' 2021년 11월부터 2022년 2월까지 햇빛 부족, 추위, 강풍에 시달렸다. 전기장판 없인 못 살아. 너덜너덜. 활동성이 줄어 간다. 우울감은 추위와 함께 오는 법. 12월경이었을까, 내 무기력증은 추위, 성가시게 구는 동료, 또 그 외 복합적인 원인으로부터 비롯되어 점점 커져 갔다. 누가 나 좀 일으켜 줘!

도와주세요

SNS를 통해 주변 정신과병원을 탐색했다.
"저 혹시 헤이그에 우울증 상담 받을 수 있는 곳 아세요? 도와주세요."
"유학생이세요? 학생이시면 학교 내 상담 센터에 오셔도 되고요……, 어쩌고저쩌고 이렇게 저렇게……."
나는 아직도 이 얼굴 모르는 친절한 이에게 매우 감사하다.

'근데 이건 뭐지.'

"저는 에스토니아 사람입니다. 한국어 공부를 하고 있어요. 한국인 친구를 구합니다."

"(그래, 사람이 필요해. 사람을 만나자.) 안녕하세요. 저 한국 사람입니다."

병원은 최후까지 미뤄 보기로 했다. 그렇게 친구 'N'을 만들었다.

#시작

N을 시작으로 폴란드 친구 M, 네덜란드 친구 G, L을 만났다. (고맙게도 가까운 지인으로부터 친구 만드는 애플을 추천받은 덕분이다.) 여전히 게으르고 기운이 없으나 분명히 달라지고 있다. 3주 전부터는 온라인 심리상담을 받고 있다. 나는 극도의 내향형 인간이며 스스로에게 채찍질을 멈추지 않는 완벽주의자임을 새삼 발견하게 되었다.

#스스로에게 야박하지 말 것

내가 완벽주의자가 된 데에도 성장배경에 다 이유가 있었다. 한 주한 주 상담가 선생님에게 속내를 털어놓으며 내 자신을 알아 가고 있다. 상담가 선생님은 극 내향성을 가진 내가 친구 만드는 노력을 하는 것 자체가 커다란 용기라고 하셨다. 또 혼자서 외국 생활을 해내는 것만으로도 대단한 일이라고 하셨다. 스스로에게 야박하지 말라고 하셨다. 그래, 나 정도면 평균 이상 아닌가? 나쁜 짓을 저지르고도 뻔뻔한 사람도 사는데 왜 나는 불필요하게 나를 낮추고 힘들게 해 왔을까. 그리고 나는 어릴 때 작가가 되고 싶었어. 글재주 있다는 말 많이 들었지. 수능 공부하고 일하느라 제대로 배우고 다듬을 기회가 없었을 뿐이야.

저질러 보자

완벽주의자는 뭘 하든 완벽해야 한다는 강박이 있어, 어떤 것을 완벽하게 할 수 있다는 확신이 들기 전에는 시도 자체를 안 하려고 한다. 완벽하지 않은 모습을 노출하는 데에 대한 두려움이겠지. 그래도 끼적여 본다. 엉망이면 어때. 논문 쓰는 것도 아니고 블로그인데. 틀리면 어때. 나는 국어학자나 국문학도가 아니니까 괜찮아. 조금씩 내려놓아 보자. 쓰다 보면 늘겠지. 어떤 날은 단어만 쓸 수도 있고 어떤 날은 한 줄만 쓸 수도 있다. 편하게 해 보자.

뱀발

지난 글 〈흐르는 돌〉을 다시 읽다가 '채이다'가 틀린 말이고 '차이다'

가 맞는 말임을 알게 되었다. 모국어인데 왜 이리 어려운 거니. 하하.
틀린 말은 굳이 고치지 않고 둬 보려고 한다. 내려놓기로 했으니까.

금지보다 유도를

2022. 5. 12.

이것이 어디에 쓰는 물건인고

위트레흐트 지역을 여행하다 요상한 구조물(?)을 본 적이 있다. 어디에 쓰는 것인고 생각하는 중에 어떤 남자가 구조물 앞에 와 서서 자리를 잡는 것이 아닌가.

엥, 저건 소변보는 자세인데? 설마?

그렇다. 설마가 사람 잡는다. 이동식 변기였던 거다. 차마 몰카범이 될 수는 없어 독자들께는 구글에서 'Public urinal Netherlands'을 검색해 보기를 조심스레 권한다. 문도 없고 칸막이도 없이 노출되어 있는 공중 변기라니. 기괴하다 기괴해. 남자도 수치심이 있을 텐데 좀 가려주지 너무하네. 아니 그보다 저 오줌들은 그럼 다 어디로 가는 거지? 누가 수거해 가나? 설마 땅으로 그대로 흘러 들어가는 거면…, 우…우엑…!

문화충격 제대로 받고 여운이 가시질 않아 더 알아보니 저 괴상한 걸 설치하고서 노상 방뇨 발생률이 줄었다나 뭐라나.

#할 거면 해, 대신에...

현지인 친구 L과 암스테르담 홍등가를 관광했다. 이게 무슨 괴상한 소리냐고? 네덜란드에서 홍등가는 관광 코스가 맞다. 참고로 설명하자면 아래와 같다.

— 네덜란드에서 (네덜란드인의) 매춘은 합법. 단, (한국인의) 매춘
  은 불법. (속인주의를 잊지 말자.)
— 홍등가를 보는 것은 합법. 19금 쇼를 보는 것도 합법.

L은 어차피 안 없어질 거, 안전하고 깨끗하게 하라는 것이 합법화의 취지라고 설명했다. 덕분에 공급자들도 직업의식을 가지고 일한다고. 부작용은 없느냐는 내 질문에 간혹 취객들이 작은 소동을 벌이는 게 전부라고 했다. 경찰들이 순찰을 열심히 돌아서 대체로 안전하다고. 하긴 매춘은 다른 범죄랑은 결이 다르다. 피해자와 가해자가 있는가? 잘 모르겠다. 우리나라에서 매춘이 범죄인 이유는 그냥 그렇게 정했기 때문이다. 그뿐이다.

"나 여기 밤에 다시 와 보고 싶어! 제대로 영업하는 거 보게."
"Ha ha, okay. 같이 다시 오자."

저녁 시간 이후 다시 찾은 홍등가. 아주 자연스레 개방되어 있어 그냥 빵집 또는 옷 가게나 다를 것이 없다. 무서워할 필요도 부끄러워할 필요도 없이 지나다니면 된다.

L이 물어본다.

"한국은 불법이지? 그런데 숨어서 많이들 하지?"

"어. (헛웃음)"

"우리처럼 구역이 정해져 있어, 어디에나 있어?"

"널렸다 야."

"그럼 불법이어 봤자네?"

나도 물어본다.

"매춘은 합법이지만 여기서도 부끄러운 행동으로 인식돼?"

"당연하지. 비도덕적이지."

"어떤 사람들은 매춘이 강간을 줄여 준다고 믿는데 진짜 그럴까?"

"어쩔 수 없이 매춘을 하게 되는 어린 소녀들이 있는데 샬라샬라…
(딴 대답.)"

(내 질문이 정확히 전달되지 않은 듯하다.)

아하.

할 거면 해. 대신 안전하고 깨끗하게 해.

쌀 거면 싸. 대신 변기 놔 줄 테니까 길에다 싸지 마.

피울 거면 피워. 대신 대마초까지야. 더 강한 건 안 돼.

금지보다 유도. 이게 네덜란드의 기본 정신이다.

#뒷이야기

　　L이랑 같이 본 19금 쇼. 진짜 정말 홀딱 다 벗고 봉춤을 춘다! 자고
로 뭘 해도 그 분야의 일인자가 되라고 했는데, 수많은 매춘부 중에
봉춤 분야의 일인자니까 무대에 오를 수 있는 것이 아닌가? 그녀가 진
정 일을 즐기는 것인지 말 못 할 사정을 숨기고 즐기는 척을 하는 것

인지는 알 수 없으나, 어쨌거나 출근하면 불평만 하다 퇴근하는 나보다는 프로인 건 맞다. 내가 뭐가 잘나서 그들을 천하다고 욕하랴.

(정말이지 그간의 관념이 깨지게 만드는 쇼였다!)

"유교주의자들이 알면 날 죽일 거야. (농담)"

"그래 넌 이거 숨겨야 해(You should hide it). 절대 Never 아무에게도 보여 주지 마."

한국이 보수적인 나라인 걸 잘 아는 L은 혹시라도 내가 19금 쇼 봤다고 욕이라도 먹을까 티켓을 잘 숨기라고 당부하며 걱정해 준다.

"담에 또 만나자."

"잘 가, 재미있었어."

한국 사회 하이어라키(Hierarchy)에 대해

2022. 5. 14.

만난 지 두 달 만에 친구 나이를 알다

"유석 씨, 좀 늦었지만 생일 축하해요!"
"아이고, 고마워요. N 씨는 생일이 언제예요?"
"저는 한참 지났어요. 1월이에요. 저 이제 서른 살이에요. (한숨 푹)"
'아, 그럼 여태까지 29살이었구나.'

서양권에서는 상대방의 나이를 잘 묻지 않는다. 위와 같은 식으로 우연히 알게 되면 말고, 아니면 모르고 지낸다. 궁금하면 정중히 물어 봐도 된다지만 애초에 궁금하지가 않다. 모든 사람을 이름으로 부르 니까 나보다 언니인지 동생인지 궁금하지 않은 거다. 직장 상사도 이 름, 할머니, 할아버지도 이름, 남의 부모님도 이름이다.

(조금 새자면 Nice to meet you 다음으로 How old are you를 가르 치는 한국 영어교육은 아주 많이 잘못되었다. 요즘 세대들은 그렇게 배우지 않기를 희망한다.)

에스토니아 친구 N이 준 며칠 늦은 생일 선물

다른 아시아 국가가 다 그런지는 모르겠으나 한국에서는 유독 나이에 따라 관계와 역할이 정해지고 언어 형태까지 달라진다. 나이 어린 사람은 나이 많은 사람에게 존댓말을 써야 하며, 나이 많은 사람은 더 어른스러워야 하고 더 큰 책임감을 가져야 한다. 한편으로 나이 많은 사람은 나이 어린 사람에게 조금은 편하게(또는 함부로) 대해도 용인된다. 한국 특유의 위계적 문화(Hierarchical culture)라 할 수 있다.

#내가 살게

나이 많은 사람이 가져야 할 책임감 중 하나는 어린 사람의 밥을 사주는 것이다. 한국 식당에서는 직장 상사 또는 모임의 큰 형님이 멋있게 카드를 긁는 모습을 자주 볼 수 있다. 친구끼리는 서로들 내겠다고 실랑이를 하기도 한다. L이 한식을 먹고 싶대서 한식당에 가기로 했다. 사실 나는 L도 몇 살인지 모른다. 대충 26살 언저리쯤 될 거다. 아무튼 학생인 건 확실하다.

잠깐만. 외식비도 비싼데, 이거 내가 사야겠는데? 하지만 여긴 '더치'페이 국가란 말이지. 어쩌지. 괜히 불필요하게 오해를 만들긴 싫다. 사전에 문화차이를 확실하게 설명하고 넘어가자.

"있잖아, 내가 너한테 밥을 사 주는 건 기분 나쁜 행동이야?"

"왜?"

"너 학생이라 밥값 부담되잖아. 너를 무시하는 건 아니고, 한국에서는 연장자가 어린 사람 사 주고 직장인이 학생한테 사 주고 그러거든. 그래서 물어보는 거야."

"그런 거라면 신경 쓰지 마. 네가 사 주면 고맙게 먹을게. 사실 여기도 같아. 나이 많다고 사 주는 법은 없지만 한쪽 상대방의 수입이 월등히 좋다면 사 주기도 해."

"그래? 사람 사는 건 똑같네. 그럼 내가 산다?"

"고마워!"

순두부찌개와 불고기를 먹었다, 매워하면서 잘도 먹더라,
둘이 먹고 무려 65유로가 나왔고 나는 카운터에서 의기양양하게 카드를 긁었다

독립과 수직적 문화와의 관계성

우습게도, 학생이라 밥값이 부담될 것이라는 생각은 기우였고 한국인의 쓸데없는 오지랖이었음을 곧 깨닫게 되었다. 얘네들은 아무리 어려도 일찍 자립해서 집도 마련하고 차도 마련하는 똑똑한 애들이

었다. 스무 살 되면 떨어져 나와 사는 게 기본이다, 기본.

가정에서나 학교에서의 교육 방향이 궁극적으로 '이 아이가 커서 독립적인 개체로 사회생활을 할 수 있도록' 하는 것에 초점이 맞춰져 있다. 외우라면 외우기나 하라며 회초리질을 하는 우리의 교육과는 정말 다르다. 이렇게 큰 애들이 스무 살 되었다고 바로 독립할 수 있을까? 만무하다. (다시 언급하지만 요즘 세대들은 나와는 다르길 진심으로 바란다.) 서양인들이 한국 사람을 미성숙하고 어리고 유치하다고 생각하는 데에는 '동안' 외에도 이유가 있었던 것이다.

L이 나한테 처음으로 물어본 질문도 이거였다.

"한국 사람들은 왜 결혼하고 나서야 독립하는 거야? 이상하더라."
"그, 그건… 대체로 한국 부모들은… 자식을 소유하고 싶어 하고…. (더듬더듬)"
"자식을 가지려고 해?"
"우리가 부모한테 의존적이긴 해. 너네들에 비하면. 그밖에 집값이 비싼 것도 있고 뭐…. (쭈뼛쭈뼛)"

어떤 부모들은 며느리 동의 없이 결혼한 아들 집을 들이닥치기도 한다는 걸 애는 알까. 내가 낳았으니까 내가 소유하고 통제할 거라는,

따라서 결혼이나 장거리 취업 외 사유로 인한 자식의 독립을 배은망덕하게 인식하는 이 사고 관념은 한국 사회에서 정말 강하게 나타나고 있다. 이 사고 관념 역시 Hierarchy의 맥락이 아닐까 하는 생각이 든다.

한국어는 어려워

한국어는 외국인이 배우기 가장 어려운 언어 중 하나로 손꼽힌다. Hierarchy를 고스란히 반영한 경어 체계 때문이다. 화자와 청자의 나이와 사회적지위를 고려한 어미변화가 현란하기도 하다. L도 예전에 한국어를 배워 보려고 했지만 존댓말이 장벽이라고 했다. 내가 봐도 한국어는 어려운 언어가 맞다. 경어 체계뿐이랴. 모두를 이름으로 부르는 서양인들이 삼촌, 이모, 처제, 매부 등 친척 호칭을 배우려면 책을 불태우고 싶을 것이다.

그리고 보면 에스토니아 친구 N은 존댓말을 잘 구사하므로 매우 상급 수준이라고 하겠다. 가끔 '농장에 닭고기가 삽니다'와 같은 실수를 하는 것만 빼면. (이 친구랑은 한국어로 소통한다. N은 한국어 말하기 연습을 하고 싶어 한국 사람을 찾은 거니까 한국어로 대화해 주는 게 맞다고 생각해서다.)

#상호 존중

존댓말만 쓴다고 존중일까. 당연한 얘기지만 중요한 건 상대방에 대한 배려다. 그리고 배려는 어린 사람 또는 하급자만 해야 하는 것이 아니라 서로가 해야 하는 것이다. 조금만 말투를 부드럽게 해 달라는 하급 직원들 아우성에 "내가 왜 아랫사람한테 공손해야 하는데!"라며 뻘따구를 있는 대로 내던 예전 어떤 상급자가 생각난다. 이 사람은 하급자들에게 쓸데없는 시비와 트집을 일삼다가 결국 자기편을 모두 잃고 말았다. 아재요, 그리 살지 마소.

#사족

다음 주엔 새로운 친구를 만나 본다. 이번에는 홍콩 사람이다. 같은 동양권이니 비슷할까, 아니면 다를까. 새로운 만남은 언제나 기대되는 법이다.

하얀 밤에 그리워하며

2022. 5. 19.

　고독함은 언젠가부터 분신이 되어 익숙해졌건만 여전히 순간순간 그리움과 싸운다. 네덜란드랑은 정반대인 독재국가, 북한과도 같은 이전 근무지가 나는 아직도 그립다. 다 합해 봐야 스무 명 남짓한 우리 국민들, 통제된 그곳에서 나는 이들과 돈독해지며 김치와 떡을 해서 나눠 주곤 했다. 그러면 그들은 라면 한 뭉텅이를 답례로 줬고 나는 또 쿠키를 해서 주고 그들은 다시 '3분 카레' 한 뭉텅이를 주고….

　귀국이 필요한 이들을 특별기에 태워 구출하는 것도 큰 보람이었다. 그동안 나에게 감사했다며 먹다 남은 간장과 유통기한 지난 고추장 등을 선물로 주고 떠난 우리 국민 한 사람이 떠오른다. (새 걸 줘야 선물이지, 그게 무슨 선물이냐고 오해할까 설명한다. 해외 근무자들끼리는 다 못 먹은 양념 재료를 후임자 또는 고마운 사람에게 주고 떠나는 것이 관행(?) 같은 것이다. 받는 사람은 눈물 나게 고마워한다.)

　네덜란드에 처음 왔을 때는 적응하는 시간이 꽤 필요했다. 극 내향성의 인간이 새로운 환경에 익숙해지는 것이 얼마나 쉽지 않은 일일지 상상해 보라! 새삼 놀랐던 광경은 광장을 채운 시끄러운 시위대였다. 확실히 이전과는 다른 곳에 와 있다는 것을 실감했다. 이전 국가에서 시위 같은 걸 했다가는 아마 사형 아니면 최소한 무기징역이다. 그렇다고 그곳 국민들을 걱정할 필요는 없다. 그들은 정부를 상대로 의사를 표현한다는 관념 자체가 없으니까. 점차 여기선 유튜브를 볼 수 있고 SNS를 할 수 있다는 사실을 깨달았고, 정상적인 나라에 와 있음을 서서히 느꼈다.

겨울철은 분명히 힘들어서 내가 왜 여기 와 있나 하는 생각도 많이 했지만 이제 비로소 20도 정도로 기온이 오른 지금, 간신히 이곳에 정을 붙이고 있다. 업무 만족도는 0이다. 이곳에 사는 우리 국민들은 내 도움 없이도 잘 살아간다. 보람 느낄 일도 없고 배울 것도 없다. 간혹 귀찮은 질문에 답변해 주는 아주 쉬운 일이 전부다. 서울에서 야근하는 몇몇 동기들은 그게 좋은 거 아니냐며 부럽다고 난리들이다. 물론 야근하고 싶은 건 아니지만 적당한 보람은 느끼고 싶다. 심리상담 선생님도 아마 이건 내가 성취욕이 강하고 인정받고 싶은 욕구가 강해서 생기는 현상일 것이라고 추측했다. 정말 내가 이상한 걸까.

백야가 시작되었다. 밤 10시는 되어야 저녁 같고 그 후로 서서히 어두워진다. 오후 5시면 한밤중이 되어 버리는 겨울철에도 힘들었지만 백야는 백야대로 기분이 이상하다. 어둠은 어둠만이 가진 매력이 있고 사람을 사색하게 해 준다. 어둠과 밝음이 적당할 수는 없는 걸까. 일도 적당히, 햇빛도 적당히면 참 좋을 텐데. 뭐든지 적당히가 힘든가 보다.

여름이면 45도까지 올라가는 나라에서 살아도 보고 피부가 쩍쩍 갈라져 따갑기까지 한 사막 국가에서도 살아 봤다. 그리고 새로운 국가에서 2022년도 거의 반이 지나간다. 이상한 백야가 지나면 또 찾아올 겨울이 살짝 두려워진다. 끝없는 적응과 그리움은 분명히 숙명이다.

모든 것은 역사의 뒤안길로

2022. 5. 20.

"구 업무 폰 사용 연한 만료로 직원 여러분께 신규 업무 폰을 일괄
배부합니다. 와서 받아 가세요."

총무부서 C 선배한테서 전체 공지를 받았다. 갤럭시S21! 일괄로 나
눠 주는 업무 폰치고 나쁘지 않…… 앗, 이어폰 꽂는 구멍이 왜 없지?
아무리 찾아도 없다! 이게 무슨 일일까 1분간 생각한 뒤 알았다. 유선
이어폰은 더 이상 쓰이지 않는다는 사실!

남들이 다 유선 이어폰 불편하지 않느냐며 여태 유선 쓰는 사람 처
음 본다고 할 때에도 꿋꿋하게 써 왔던 나다. (여담이지만 온라인 심
리상담 중 내가 MBTI 중 ISTJ 유형임을 알게 되었는데 이 유형은 낯
선 것을 싫어하고 익숙한 것을 따른다고 한다.) 그런데 이제는 진짜로
무선 이어폰을 안 쓸 수가 없게 되었다. 새로운 게 자꾸 나오고 세상
이 이렇게 변하는구나! 탄식이 나왔다. 옛날 옛적에는 타자기로 일했
었고 타자기 치기만 전담하는 직원이 있었다는 이야기를 아저씨 선
배들에게서 들은 적이 있다. 키보드라는 게 처음 나왔을 때 그들도 이
런 기분이지 않았을까 짐작해 본다.

모든 사무가 전자 방식으로 바뀌면서 일부 윗세대들은 어려움을 느끼나 보다. 넘버원 어르신이 온라인 국외부재자 신고를 할 줄 모른다며 나를 찾길래 방에 가서 도와드린 적이 있다. 링크도 알려 드렸겠다, 누르면 선관위 홈페이지가 바로 뜨고 홈 화면에 큼지막하게 '국외부재자 신고하기'가 뜨는데 남들은 혼자 다 하는 이걸 왜 모를까 의아했다. 화면을 하나하나 넘겨 가며, 클릭과 이름 입력을 대신 해 드리며 이해했다. 안 들어가 본 사이트를 처음 보는 것 자체가 낯설고 어려운 일이었겠구나. "나 이거 잘 몰라, 허허." 하며 멋쩍게 웃는 넘버원 어르신 모습에 짠하기도 하고 내 기준에서 쉬운 일이라고 판단했던 것에 죄책감도 들었다.

한 분이 더 있다. 예전 어떤 과장님은 한글에 특수문자 넣는 걸 몰라서 나를 찾았었다. '땡땡 표시(당구장 표시를 의미하는 거였다)'를 어디서 찾느냐고 하길래 문자표에서 친히 찾아 드린 기억이 난다. 과장님이 왜 부른 거냐고 동료들이 궁금해하길래 "특수문자를 못 찾으셔서요." 했다. 그때는 일동 폭소했지만 생각해 보면 요즘 어린애들이 아는 거 나도 모르니까 웃을 일이 아니다.

한국 사회는 빨리 변하고 있고 외국에 머무는 동안 더 도태될까 봐 내심 항상 불안한 마음으로 산다. 새로 나오는 것들을 따라잡아야 하는데, 나중에 어린 사람들한테 답답하다는 소리 듣기 싫은데….

언젠가 역사박물관에서 유선 이어폰을 볼 날이 올지도 모르겠다. 그
때가 되면 사람 귀 자체에 칩을 내장해 핸드폰 음악을 들을 수도 있
을까.

나날이 애국자가 되어 간다

2022. 5. 22.

#대단한 나라, 한국

나날이 환경호르몬을 섭취하고 나날이 플라스틱 쓰레기를 늘려 간다. 나날이 병을 키우고 있는 건지 모르겠다. 나날이 머리는 길어진다. 머리를 바꿔 보고 싶지만 네덜란드인들의 손재주를 믿을 수가 없어 미용실은 한국 갔을 때로 미루기로 한다. 이역만리에서의 생활은 이렇다.

나날이 단조롭다. 오락실, 디스코 팡팡, 만화 카페, 방 탈출 카페, 포장마차, 인형 뽑기, 노래방, 24시간 편의점, 늦게까지 여는 치맥집…, 이런 것들이 여기는 없다. 대체 네덜란드인들은 뭐 하고 사는지 모르겠다. 잘 관찰해 보면 기껏 개 데리고 숲을 산책하거나 해변을 걷는다거나 친구를 집에 초대해 작은 홈 파티를 하는 게 전부다. 19금 쇼 만들 머리로 왜 재미있는 걸 못 만드는 걸까. 그러고 보면 한국인들은 머리가 참 비상하기도 하다.

비상한 머리로 가끔 기발한 나쁜 짓을 해서 전국을 들썩이는 사람도 극히 일부 있지만 전반적으로 보면 한국의 치안 수준은 전 세계 일

등이라 할 수 있다. 한국에 여행을 가 봤거나 한국을 조금이라도 아는 외국인들을 만나 보면 입을 모아 안전한 나라라고 칭찬한다. 소매치기 걱정 없고 밤에 막 다녀도 되는 나라라고. (그러니까 너희도 24시간 편의점이나 치맥집을 곳곳에 만들라고 하고 싶다.)

가장 안전한 나라, 엄청난 속도로 잘살게 된 나라, 뭐든지 빠른 나라, BTS를 가진 나라, 지하철이 쾌적하고 깨끗한 나라. 이 나라에 사는 한국인들은 분명 외국인들 눈에 '대단한 나라 국민'들이다.

점점 보인다

'엄청난 속도로 잘살게 된 나라' 한국은 분명히 '원래부터 잘살아오던' 유럽을 능가했다. 이거 정말 대단한 일이다. 많은 어르신들은 박씨 성을 가진 어떤 전 대통령의 공이 크다고 하지만 아무리 천재적인 대통령, 천재적인 정책이라 한들 국민 모두가 근면함, 빠릿빠릿함, 비상함으로 따라오지 않았으면 불가능한 일이다. 많은 개도국에서 새마을운동을 따라 하지만 실패하는 걸 보면 알 수 있다. 결국 한 사람이 아닌 모두의 노력 덕분이다. 타고나기가 우월한 K—유전자라도 있는 것 같다.

그런데 '엄청난 속도로 잘살게 된 나라'는 너무 갑자기 잘살게 되는 바람에 '원래부터 잘살아 온 나라'에 있는 몇 가지 것들을 미처 챙기지 못했다. 장애인과 어린아이를 대하는 태도, 보행자를 대하는 운전자의 태도, 여유, 미소, 위트. 네덜란드에 정을 붙이면서 바람과 물밖에 없는 이 단조로운 나라가 선진국이라 불리는 (처음에는 무척이나 궁금했었던) 비결이 점점 보인다.

애국하는 마음으로 희망한다

우리나라 법과 제도를 만드시는 분들이 네덜란드 사례를 많이 배워 와서 적용했으면 좋겠다. 공부하기 싫은 사람까지 대학에 보내지 못해서 안달일 것이 아니라 비상한 머리를 좋은 쪽에 쓰도록 인성 교육에 치중했으면 좋겠다. '느려도 돼.', '남들을 이기지 않아도 돼.', 이렇게 말해 주는 환경이 조성되면 좋겠다. 명품이 없어도, 남들보다 예뻐지려고 피부과에 투자하지 않아도, 강남 아파트에 살지 않아도 행복한 나라가 되었으면 좋겠다. 스트레스와 화병으로 자살하는 사람들이 없었으면 좋겠다. '미싱은 잘도 도네 돌아가네~' 이제 그 미싱 그만 돌리고 주변을 돌아볼 때도 되었다.

나날이 애국자가 되어 간다

한글로 된 책을 다 읽어 버려서 생활이 더욱 따분하다. 영어로 된 책은 아무래도 속도가 더디다. 한국 책 공유하는 곳이 여기에도 있기는 한데 우편으로 주고받는 시스템이라 번거롭다. 확실히 외국에 사니까 모든 게 수월하지 않다. 퇴근길에 종종 광화문 교보문고 들렀던 본부 생활이 그립다. 맛있는 김치찌개집이랑 버블티 가게도.

읽은 책 중에 가장 재미있었던 건 신광철 작가의 《극단의 한국인, 극단의 창조성》. 매 페이지마다 '국뽕'이 제대로다. 신광철 작가는 유튜브 채널 '우리역사바로알기'에서도 볼 수 있다. 배속재생 하고 건너뛰어 가면서 심심풀이로 볼 만하다. 재야사학스러운 부분이 상당히 있어서 '엥?' 하는 지점도 있지만 정통 사학만 배우면 재미없지 않은가. 음식에 미원 한 스푼 넣어 줘야 맛이 나듯이 정사 한 냄비에 야사 한 스푼이 묘미다.

구할 수 있다면 《단군의 나라, 카자흐스탄》이라는 책을 읽고 싶다. 언젠가 《환단고기》도 한번 읽어 보고 싶다. 궁금하지만 너무 어려워 보여서 오리지널 버전은 엄두가 안 난다. 요약본이나 만화 버전 아니면 청소년용 버전이 있으면 좋겠다.

버킷 리스트

2022. 5. 23.

신기하다

《시크릿》이라는 책이 한창 유행할 때였던가. 그러니까 한참 옛날이다. 버킷 리스트가 있으면 생각만 할 게 아니라 글로 써서 남기는 게 효과적이라는 말을 어디서 주워들었는지 그때부터 엑셀 파일에 리스트를 정리해 오고 있다. 일정 주기로 업데이트도 한다. 당시에는 하고 싶은 거였는데 다시 보니 별 의미 없거나 인생에 도움 안 되는 거면 삭제, 새롭게 하고 싶은 게 생기면 추가, 너무 말도 안 된다 싶으면 적당히 수정.

그리고 옆 칸에는 성공/진행 중/일시 중단 중 하나로 표시한다. 한 번으로 끝나는 것이나 단기적인 경험으로도 충분한 것들을 했을 때는 성공으로, 다소 기간을 잡고 해야 하는 것이나 앞으로도 쭉 할 것들을 하는 경우는 진행 중으로 구분한다. 일시 중단은 말 그대로 하다 그만둔 경우인데 실패라면 실패라고 볼 수도 있지만 시도해 봤다는 것에 의의를 두고 솔직하게 표시한다.

간만에 다시 리스트를 보고 있으니 재미있다. '비염 완치를 위해 노력하기'가 있었네. 약이 떨어진 지 한참 되었는데 언제부턴가 콧물, 재채기가 거의 멈췄다. 이곳 공기가 좋아서 그런가. 서울 돌아가면 다시 원상 복귀될지 몰라서 빈칸으로 남겼다. 작성할 당시에는 무슨 생각이었는지 '나만의 블로그 운영해 보기'가 있었는데 희한하게도 10년도 더 지난 지금 실현이 되었다. 파워 블로거도 아니고 일상의 기록을 배설하는 공간 정도에 불과하지만. 일단 써 두면 언젠가 되긴 되는가 보다.

이제 또 뭐 하지

아직 해야 할 리스트가 30개는 있다. '코이카 해외 봉사단원 해 보기'라든가 '이미지 컨설팅 받아 보기' 같은 거야 마음만 먹으면 할 수 있는 거니 문제없다만 어떻게 해야 할지 모르겠는 것들은 누구 도움을 받아야 하나. 예를 들면 '빈곤가정에 쌀 기부하기.' 구청에 물어보나? 다른 사람이 있어야 하는 건 또 어떡한담. '야간 트래킹 해 보기.' 머리에 랜턴 달고 새벽 내내 잠 안 자고 걷는 이게 뭐라고 오래전부터 하고 싶은데 듣는 사람들은 하나같이 위험하다며 산악회를 알아보란다. 막막하다.

일단은 네덜란드에 있는 동안 뭘 할 수 있으려나, 주섬주섬…. '바티칸에서 성탄절 맞이하기' 정도는 여기서 이룰 수 있을 것도 같은데….

문제는 이제 비행기 타는 것도 지겹다. 해외여행은 당분간 생각 없고 하동이나 가고 싶다. 더 생각해 봐야겠다. '홈 파티의 호스티스 되어 보기'는 어떨까. N이랑 좀 더 친해지면 집에 초대해 볼까 싶다. 청소를 못하는 편이라 이것도 아직은 생각만. 친구랑 희망 사항을 공유하다 보면 새로운 길이 열릴지도 모르겠다.

마음으로 대하기

블로그 해 볼까 망설이기만 하다가 저지르게 되면서 마음먹기가 가진 힘을 깨달았다. 내 마음에 다가오는 것들은 그것이 위험한 게 아니라면 뭐든지 받아들여야 하겠다.

진행 중인 리스트가 있다. '세계를 여행하며 다양한 사람들과 친구되기.' 투르크메니스탄 국립대학 한국어과 교수님, 역시 투르크메니스탄에서 알게 된 일본인 외교관의 아내. 이 두 사람이랑 아직도 연락한다. 특히 교수 친구는 지금 한국에서 연수 중인데, 이슬람교 국가에서 입었던 긴 드레스와 머릿수건을 벗어던지고 부산, 경주, 대구 이곳저곳을 놀러 다니고 있다. 보기 좋다. 일본인 외교관 부인인 친구 역시 한국어 공부에 빠져 있다. (BTS 보면서 공부하는 게 맞는 거냐며 불안해하길래 책으로 해 봤자 소용없으니 잘하고 있는 거라고 대답한 적이 있다.)

그리고 네덜란드에서 만난 N. (물론 내향인인지라 첫 만남은 매우 매우 어색했다!) 이 친구랑 만나는 순간순간 배우는 게 있다. 사람을 대할 때는 언어보다 마음이라는 것. 깊은 이야기를 할 정도의 한국어 실력은 아니라서 (내 영어 실력 역시 마찬가지…) 대화가 아주 수월하지는 않지만 밝고 착한 사람이라는 건 알 수 있다. 처음 듣거나 어려운 단어는 재차 물어보고 배우려 하고 그러면 나는 한글로 또박또박 써서 보여 주는 재미가 있다. 나 역시 다른 외국인 친구를 대할 때 모르는데 알아들은 척하거나 자신 없게 행동하면 안 되겠구나 하고 느낀다.

그리고 또 다른 리스트

무기력증에 빠지면서 '요가 꾸준히 하기'가 일시 중단으로 표시될 위기에 처했다. 못 하겠으면 스트레칭 5분이라도 해야 할 텐데, 하여튼 너무 조급하게 생각하지는 말자.

또 비가 온다

2022. 5. 23.

화딱지가 난다. 이전 국가는 사막이라서 비 오는 날이 좋은 날이었는데 사람 마음이 간사하기도 하다. 오늘 저녁은 오랜만에 밥 먹어야지. 음식만이 위로가 된다.

집 가면 일기예보 보고 지방 여행 계획이나 짜 봐야겠다. 굳어 가는 뇌를 돌려 보자.

사람은 재미있는 존재 1

온라인 심리상담 5주 차

상담이 5주 차가 되니 확실히 처음보다는 이런저런 이야기하기가 편해진다. 이제는 상담 선생님 보는 날이 기다려진다. 오프라인이면 더 좋을 텐데. 여러 번을 봐야 편해지는 내향인을 위해 선생님은 '긴 시간, 소수' 상담보다는 '짧은 시간, 다수'의 상담을 구성해 주셨다. 사람에 따라서는 일 년 넘게도 상담을 받는다는데, 이 와중에도 상담 선생님 힘들 것을 걱정하는 나는 참 뻔뻔함을 가지지 못했나 보다. 나라는 사람은 착한 걸까 바보 같은 걸까.

이번에는 동료 1, 동료 2랑 파스타 먹으러 갔던 이야기를 했다. 동료 1은 단골이었고 나랑 동료 2는 그 집이 처음이었는데, 동료 2는 어땠는지 모르지만 동료 1이 사장님하고 인사하는 동안 나는 속으로 굉장히 낯설고 긴장했다는 이야기, 사회화가 되었으니 내색은 안 하지만 성격상 처음 오는 장소는 떨리고 불편하다는 거, 그래서 가는 식당만 가는 성향이 있다는 거, 이런 성향을 가진 내가 이 직업이 과연 맞는지 고민되었다는 거며, 동료 1은 지리도 훤하고 맛집도 잘 아는데 왜 나는 그러지 못할까 위축되고 주눅 들더라, 주문한 음식이 나오고 나서야 안심되더라… 등등을 얘기하다가 선생님이랑 동시에 푸후훕.

"푸훗, 생각이 막 끝없이 비약되네요? 그런데 유석 씨도 방금 웃었어요. 말도 안 되는 생각인 걸 본인도 잘 알고 있어요. 그렇죠?"
"네. 쓸데없는 생각을 참 많이 해요."

ABC 이론이라는 걸 알게 되었다. A(실재)가 C(우울감)를 유발하는 것이 아니라 A를 받아들이는 B(나의 비합리적인 해석)가 C를 유발한다는 것. 주눅 들고 우울감이 들 때는 왜 그런 생각이 드는지 내 마음을 잘 살펴봐야겠다.

"내향인이 외향인보다 뛰어난 것도 많아요. 진중하고 끈기 있고…. 맛집을 잘 아는 건 관심이 있고 많이 다니다 보면 잘 아는 거고, 그러지 않으면 모를 수 있죠. 그리고 유석 씨도 처음에만 낯설지 그걸 겪고 나면 잘하시잖아요."
"그러네요."
"이런 방법도 있어요. '저는 성격상 처음 오는 장소는 긴장되던데 동료 1님은 어떻게 그렇게 맛집을 잘 아세요?'라고 대화해 보는 거예요. 속마음을 고백하는 것만으로도 긴장이 확실히 줄어들어요."

아하! 좋은 거 배웠다. 확실히 치유가 된다. 상담 신청해 보길 잘했다.

또 하나. 나는 무엇을 좋아하고 싫어하는지, 좋아하면 왜 좋아하는지 스스로도 잘 알지 못하고 좋은 걸 좋다고 말하기 어려워하는 인간임을 발견했다. 아마 분명히 살아온 과정에서 감정 표현을 억압받은 경험이 있을 거라고 하셨다. 그게 뭘까…. 나라는 사람을 더 알아 가보자.

사람은 재미있는 존재 2

이런 사람 저런 사람

나 자신을 탐구하는 심리상담. 나는 내향성 테스트에서 만점 받은 극 내향인임에도 불구하고 희한하게 어떤 면에서는 반대적인 행동을 하기도 한다. 하기야 사람은 로봇이 아니니까 복합적이고 다면적인 게 당연하다. 검소한 사람도 어떨 때는 충동구매를 하고 신중한 사람도 어떨 때는 과감한 결정을 하듯이. 그래서 사람을 만나고 관찰하다 보면 뜻밖의 재미를 찾게 되는 것 같다. (다만 내향인은 애초에 관심이 잘 생기지 않을 뿐.) 마치 폴란드 친구 M을 알게 되었을 때처럼.

얼굴만 보면 코카인도 하게 생긴 이 사람은 알고 보니 술 담배도 싫어하고, (당연한 거지만) 쓰레기가 생기면 꼭 꼬깃꼬깃 접어서 자기 주머니에 넣고 집까지 가는 바른 사람이다. 일본을 좋아한대서 마음속으로 마이너스 5점, 썰렁한 개그를 자꾸 해서 마이너스 10점을 줬다. 나랑 다르게 너어무 지나치게 외향적이라 귀찮다.

"나 일본인 친구 만들었는데 같이 만날래?"
"그날은 나 다른 일 있어."

"아는 사람이 영업하는 일식당 있는데 같이 갈래?"

"아니…."

"너 헤이그에 일본식 정원 있는 거 알아? 갈래?"

"나 일본식 별로야."

"너 다음 주에…"

'그만 좀 해라!'

이 친구는 잠시라도 집에 앉아 있으면 욕창이 생기나 보다. 이 친구도 이 친구대로 극 외향성을 띄게 된 원인이 있고 그로 인한 고충이 있겠지. 사람은 각각 생긴 대로 살아간다.

#한 길 사람 속을 몰라

반대로 이웃들이 한결같이 예의 바른 청년이라 칭찬했던 사람이 알고 보니 연쇄살인범인 경우도 있다. 얼굴에 착한 사람, 나쁜 사람 써져 있으면 좋을 텐데 세상이 그렇지가 않다. 내가 제일 좋아하는 프로그램 〈그것이 알고 싶다〉에서 최근에 비가 오는 날에만 사람을 죽인 연쇄살인범을 주제로 방송을 했다. 비에는 화딱지 유발 요소가 있긴 있나 보다. 그래도 정상적인 사람들은 비 오면 집에 꼼짝없이 있는데 굳이 사람 죽이러 돌아다니는 고생을 한다니 일반인은 이해할 수 없다. 뭐 어쩌겠나. 세상에는 올바른 사람들만 존재할 수 없음을 받아들여야 한다. 나랑 마주치지 않기만을 바랄 뿐이다.

사람은 재미있는 존재 3

2022. 5. 26.

사람마다 다르다

외국 여행하다가 '니하오'라는 인사를 들을 때면 기분이 좋지 않다. 한중일은 명백히 다른데 다 같은 동양으로 싸잡고 그중 가장 큰 중국의 이미지를 갖다 붙이는 무식한 태도 때문이다. (다행히 네덜란드는 교육 수준이 높아서인지 여기서는 '니하오'를 들은 적이 없다.) 하기야 나도 우간다인과 나이지리아인 구분 못 하는 거랑 마찬가지겠지만. 어쨌든, 나라별 다양성을 존중해야 하는 이유로 나 역시 '서양'이라는 표현은 지양해야 하는데 어쩔 수가 없다. 서양은 서양이지 뭐라고 한담.

식당에서 N에게 물은 적이 있다.
"서양에서는 보통 한 그릇 놓고 나눠 먹는 거 싫어하죠?"
"네 맞아요. 하지만 저는 괜찮아요. 이것도 먹어 보세요."
어라, N이 자기가 먹던 포크로 빵을 찍어서 주기도 한다. 서양인들은 침 섞이는 문화를 다 싫어하는 줄 알았는데 다는 아닌가 보다.

L이 커피 사 줄 때 물어본 적이 있다.

"네덜란드 사람들은 항상 각자 낸다고 들었는데 아니야? ('더치페이'라는 단어가 무례하게 들릴 수 있대서 영수증을 나눈다는 뜻의 'Split'을 사용했다.)"

"어어, 그런 사람도 있는데 난 안 좋아해. 어떤 애들은 1유로까지 나누재. (얼굴을 문지르며) 아휴, 1유로라니….."

그렇구나, 사람마다 다르구나. 일반화는 언제나 옳지 않다.

또라이 질량보존의법칙

이렇게 다른 사람들이 모이다 보니 어딜 가도 또라이가 한 명은 있는가 보다. 하필 내 사무실은 또라이 사무실과 아주 가까운데, 이 사람 발소리만 들려도 휴직 쓰고 싶어진다. 스트레스로 인한 질병 휴직. 하루는 이 녀석 때문에 새벽까지 화 삭히다가 다음 날 늦잠 자고 지각했다. "저 오늘 한 시간만 늦겠습니다." 말해 두고 허둥지둥. 또라이를 만나고 만나고 또 만나도 새로운 유형의 또라이가 또 튀어나온다. 대체 언제 끝날까. 은퇴할 때? 나하고 맞는 사람만 만나고 싶은 건 말도 안 되는 욕심일까.

사람은 재미있는 존재 4 (끝)

2022. 5. 27.

그래도 사람이 희망인가 보다

연쇄살인범이 있으면 그를 잡아 벌하는 사람이 있고 유족을 위로하는 사람이 있듯이 나름 세상은 균형 있게 돌아간다. 또라이가 있으면 정상인도 있어야 하는 법. 또라이는 한 명이라 다행이다.

내가 여기서 제일 좋아하는 사람 C 선배. 일할 때는 엄격, 근엄, 진지하다가 가끔 농담 걸어 주시면 그게 참 반갑다. 친해지고 싶은 사람한테 먼저 다가가 보라는 상담 선생님 권고에 따라 C 선배 문을 두드리고 "미션 수행하러 왔어요." 했을 때 이런저런 이야기보따리 풀어 주셨다. 둘이 또라이 뒷담화를 같이 하면서 킥킥대면 그게 참 스트레스 해소가 된다.

"하, 진짜 이상하다니까요."
"그 사람 맨날 왜 그런대요? 말도 섞지 마요. 크핫핫."
또라이는 나한테만 또라이가 아니라 공공의 적이라서 다른 직원들끼리는 공감대가 있다. 다행이다.

이상한 걸 요구하는 일부 고객님들에게 싫은 소리해야 할 때 C 선배는 "그거 예산 규정상 안 돼요, 안 돼. 그냥 제 이름 파세요. 총무님이 성격 더럽고 깐깐해서 안 들어주시더라고 하세요." 한다. 나도 이런 선배가 되어야지.

역시 사람을 통해 배운다

새로 알게 된 홍콩 친구 이름은 한자로 즐거울 락, 기쁠 희라 쓰고 홍콩식 발음으로 읽는다고 한다. 좋은 이름이다. 역시 한국어를 연습 중인 친구다. 덕분에 위트레흐트 지역에 한식당 두 개가 생겼다는 정보를 입수했다. 역시 사람을 만나야 얻어듣는 게 있다.

같이 로테르담 '만남'이라는 한식당에서 밥을 먹는데 젓가락이 불편하단다.

"엥, 홍콩도 젓가락 쓰지 않나요?"라고 묻자, 잡는 느낌이 다르다나. 홍콩은 굵고 둥그런 나무젓가락이라 아무렇게 잡아도 되는데 한국은 납작한 쇠젓가락이라 불편하게 느껴진다고 한다. 볼펜 쥐던 사람이 만년필 쥘 때 느끼는 느낌인가 보다. 같은 동양이라도 다 같지는 않구나. 재미있다. 언제나 유익한 인연을 만들고 싶다.

로테르담 '만남'에서 만남

없네

2022. 5. 30.

계속 살아 보니까 네덜란드에 없는 게 더 있다. 빵빵거리는 소리, 다른 차한테 욕하는 소리, 내 자리니까 비키라고 악쓰는 노인들 소리. 이래서 이 나라가 심심한가? 가끔 싸움 구경해 줘야 재미나는데. 다이나믹 코리아처럼.

길이나 대중교통에서 코 박고 스마트폰 보는 사람도 없다. 역시 우리나라가 통신 최강국이다. 물론 중독도 최강.

대신에 바람은 항상 있다. 으스스, 우중충.

쓸데없이 쓸데없이

2022. 5. 30.

이런저런 대화

주말에 호캉스나 할까 하다가 맘에 드는 호텔을 못 찾아서 집에 있었다. 어차피 날도 흐리고 바람도 휘휘 불어서 여행 갈 날씨는 아니었다. 흩어져 있는 동기들이랑 카톡 방에서 지극히 우리끼리나 할 수 있는 사적인 대화를 나누었다. 너는 뭐 하냐, 힘들다, 어쩐다, 각자들 푸념에서 시작해 낙지탕탕이가 먹고 싶다는 등 실없는 소리며, 자기 집 강아지 자랑이며…, 그러다가 열혈 친구 하나는 일본인이며 중국인이며 다 싫다는 등 우리나라에서 다 나가 버렸으면 좋겠다는 등…, 그래서 나도 일본이 남긴 적폐가 많다며 맞장구를 쳤다.

그리고 보니 우리는 왜 항상 일본이랑 비슷하게 가는 건지 의문이다. 식민 잔재가 이렇게도 크게 작용을 한단 말인가. 흥선대원군만 아니었어도 우리나라 운명이 달라졌을까 하며 역사에는 가정이 없다는 걸 알면서도 또 생각이 끝없이 쭉쭉 뻗어 나간다. (또 다시 애국심이 차오른다.)

또 다른 지인이랑은 이태리 여행에 대해 얘기하다가 어 이태리라고 하니까 마피아가 생각나네요, 마피아라고 하니까 영화 〈대부〉가 생각나네요…, 또 이렇게 대화가 쭉쭉쭉. 원래 나는 영화를 즐겨 보지는 않는데 심심해서 그런가 한번 찾아서 보고 싶다는 생각이 들었다. 길고 긴 이 옛날 영화를 끝까지 다 볼 자신은 없지만 구해는 놓았다. 무기력했던 사람이 뭐라도 하는 게 어디냐. 역시 이런저런 대화는 쓸데없지만 쓸데없지 않다.

나아지고 있는 것 같다

그러고 보니 언젠가부터 물욕이 줄어들었다. 우울감과 스트레스가 극에 달하던 12월—1월경에는 온라인쇼핑몰에서 이것저것 사 대고는 했는데 나도 모르는 새에 그 쇼핑몰 들어가는 것을 멈추게 되었다! 오랜만에 들어가서 보니 딱히 갖고 싶은 게 없다. 다행이다. 잠옷은 필요한 거라서 주문했다. 건강해지고 있나 보다.

식욕도 돌아왔다. 하루 한 끼 억지로 먹었었는데 이것도 언젠가부터 세 끼 먹는다. 매콤달콤한 비빔냉면 파는 곳 없는지 검색해 봐야지.

밑천이 떨어졌을 땐 의식의 흐름으로

2022. 5. 31.

의식의 흐름으로 써 내려가 볼까

무슨 글을 써야 할까. 소재가 없다. 경험이 있어야 글이 나오는 법인데 어딜 가도 물, 어딜 가도 바람, 매일 똑같은 사무실에는 또라이, 집에는 적막함이 있을 뿐. 편하게 써 보기로 마음먹었으면서 막상 그게 어렵다. 그래도 이왕이면 잘 써서 잘 보이고 싶은 게 사람 욕심이니. 창작(이라고 하기에도 무색하지만)의 고통을 왜 출산에 비유하는지 알겠다. 예전에 종교학에 관심을 가지고 성공회며 정교회며 굿당이며 혼자서 견학 다닐 때였다. 성공회 신부님이 하시는 강연 들을 때 마리아의 출산이 의미하는 게 있다고 하셨는데. 뭐든지 새로운 시작에는 고통이 따른다는 거였던가…. 분명히 당시에는 '아!' 했던 건데 다시 옮기려니 안 된다.

올드보이

영화 〈대부〉는 어째 코를레오네 막내딸 결혼식 장면에서 넘어가지를 못한다. 무슨 똑같은 코를레오네 이름을 가진 사람이 왜 이리 많은지. 나는 소설이고 영화고 등장인물이 많아지면 정신을 못 차린다. 역시 내 스타일 아니야. 그나마 좋아하는 영화 중 하나인 〈올드보이〉는 주요인물이래 봤자 오대수, 이우진, 미도가 전부라 쉽다.

15년 동안 사설 감옥에 갇혔다 나온 오대수가 자살하려는 사람에게 자기 얘기 듣고 죽으라는 장면이 나오는데 얼마나 사람이 그리웠으면 그럴까 싶다. 15년이라니 상상도 하기 싫은 기간이다. 그래도 한국인 거 하나는 부럽다. 향수병이 짙어져 간다. 여우도 죽을 때 살던 곳을 향해 머리를 둔다는데 하물며 사람인 나는….

오대수만큼 외로워

해외에서 뼈저리게 느끼는 한 가지. 나 같은 떠돌이 이방인은 현지인들 세계에는 애를 써도 들어갈 수 없다는 점이다. 그들은 토박이이고 이미 친구, 친척, 가족 등 네트워크가 견고하다. 이러니 같은 외국인끼리 친해질 수밖에. 무인도에서도 살아남을 성격이라고 자신하고 살았는데 사람은 어쩔 수 없는 사회적 동물인가 보다. (이러다 서울 가면 다시 혼자가 좋아지겠지.) 친구라는 말의 사전적 의미는 '오랜' 벗이라는 뜻인데 그렇게 치면 나는 친구가 한 사람도 없는 사람이다. 어떻게 모든 말을 사전적 의미에 맞게 쓰나. 그냥 당장 내 옆에 있으면 친구겠지.

인간관계는 언제나 어려운 과제

여기도 찾으면 학원이나 원데이 클래스나 모임이 있겠지만 애초에 이방인이 그런 정보 자체를 알기 힘들 뿐더러, 매여 있는 탓에 또 어딘가에 소속되어 정기적인 만남을 가지기란 쉽지 않다. 이러니 현대인답게(?) SNS 또는 애플을 이용하게 되는데, 썩 좋은 방법은 아니지만 어쩔 수가 없다. 나름의 안전 수칙을 지키며 이용하고 있다.

— 사진 안 올리기(누가 물어보면 '범죄 예방하려고'라고 설명한다.
  정상인이라면 더 묻지 않고 이해한다.)
— 먼저 번호 주지 않기
— 상대방이 먼저 정보를 주는 만큼만 나도 주기
— 집 주변에서 만나지 않기
— 데려다주겠다는 거 거절하기
— 상대방 이름 구글에 쳐 보기

(나 무시하지 마라. 〈그것이 알고 싶다〉 열혈 팬이다.)

덕분에 최근 예의 없는 일을 겪었을지언정 별일 없이 무사하다. 들어보면 누구는 호감 있는 척 다가오는 사람한테 속아 오만 달러를 빌려줬다가 못 받았다는 둥, 그야말로 〈그것이 알고 싶다〉에 나올 법한 일도 있다고 하는데 나는 고작 기분 상한 게 전부였으니 다행이다. 신중에 신중을 기울여야 하나, 까먹어 가는 영어 문장 하나라도 쓰게 되고 운 좋으면 착한 사람도 알게 되니 분명 양날의 검이다. (N도 SNS로 만났으니까!)

기분 상한 일도 따지고 보면 정말 아무것도 아닌 작은 일인데 나도 모르는 새에 마음이 약해져 있어서 휘청한 듯하다. 결국은 피상적일 수밖에 없는 인간관계에 기대를 걸었던 내 탓이다. 내 말에 답장 안하고 사라진 게 무슨 그리 상처받을 일이라고. 정신 똑바로 차려야겠다.

"너희 현지인들과 친해지기는 힘든 것 같아."
"이해해. 나도 외국 살았을 때 느꼈었어. 나한테 언제든지 말 걸어."

한국에 살아 봤다는 이 여자애는 동네도 같은데 애도 언젠가 만나 봐야겠다. 같은 동네 사는 한국 주재원 한 분도 운 좋게 알게 되었으니 더 이상 쓸데없이 늘리지 말고 있는 인연을 깊이 만드는 것에 집중하자.

그리고 칭얼대는 나에게 동기 한 명의 응원 메시지.
"나도 공감해~ 해외에 오래 있어서 더 그럴 거야 ㅠㅠ 사회에서의 피상적 인간관계 아닌 널 진정 아끼는 너의 편들이 한국에 있다는 걸 잊지 마~ 나도 한국 휴가 가서 그런 점들이 힐링이 되더라고."

휴, 동기가 역시 최고다. 이 친구도 해외가 벌써 세 번째라 속이 너덜너덜할 텐데 부디 건강한 모습으로 한국에서 만나길 바란다.

바쁘게 살아야겠다

종교학에 대한 관심은 여전하다. 남들은 대체 그게 뭐 하는 학문이냐며 내 종교를 묻고는 한다. 마이너한 학문임에는 틀림없다. 내 종교와 상관없이 세상의 다양한 종교 사상을 연구하는 거라고 설명하기도 입 아프다. 우리나라 무교(巫敎) 신앙을 비롯해 환란의 시기에 발생한 민족종교, 그리고 그 종교들이 항일운동과 어떻게 결합되어 힘을 발휘했는지 연구해 보고 싶은 마음이 간절하다. 내 앞날을 우선으로 생각하며 살아야지. 그래야 누가 무례하게 굴건 말건 타격이 없다. 인생의 진리다.

오늘의 실없는 소리로 마무리

에미넴의 〈Godzilla〉를 들으면서 드는 생각. '에미넴은 영어 잘해서 좋겠다.'

자기 나라 말로 랩을 잘해서 세계 원탑 래퍼라니. 물론 그렇게 되기까지 에미넴이 겪은 고생을 모르는 건 아니지만. 종종 미국인으로 사는 기분이 궁금하다. 태어나 보니 자기 나라가 세계 최강국이고 자기 나라 말이 세계 공용어면 무슨 기분일까. 예전에 어떤 지인이 반 농담으로 미국이 왜 잘사는지 아느냐며 하던 말, 영어 배울 시간에 다른 걸 배워서라고. 부러운 미국인들. 물론 그래도 한국이 더 좋다.

성찰

#어떤 고객님

적당히 바빠지고 싶다는 말이 씨가 됐는지 간만에 진상 고객님 한 분이 반말로 생떼 쓰며 고성을 빽빽 질러 주셨다! 이런 사람은 한국에서도 직간접적으로 많이 겪어 봐서 크게 상처는 아니지만 충격적이다. 이런 선진국에 몇 년을 살았다는 분이, 이렇게 높은 시민의식을 가진 사람들을 보면서 배우는 게 없었단 말인가? 내가 반격 못 하는 입장인 거 훤히 알고 그런 것이 지능적이다. 넘버투 어르신조차도 방어를 해 주지 못한다. "같이 싸우면 너만 손해야. 그냥 잘 달래 줘."

C 선배가 어떻게 알았는지 전화를 걸어 줬기에 20분 동안 노가리 까면서 잊어버리기로 하고, 대신 소심한 복수를 계획했다. 인수인계서에 써 버릴 거야. '누구누구는 성질 더러운 사람이니 조심할 것.'

들어보니 바보 같은 전임자가 여기저기 돈도 퍼 주고 과잉 친절을 베풀고 다녔었다는데…. 어쩐지 일부 고객님들은 참 뻔뻔하더라. 호의가 계속되면 권리로 착각한다지. 하지만 저는 전임자랑 다르답니다. 아, 귀가 간지럽다. 구관이 명관이라는 험담이 들려오는 것 같다. 사회생활은 언제나 어렵구나.

#소프트 스킬이란

버스 안에서 C라는 체코 애한테 푸념을 했다.

"나 코리안 아저씨들 질려. 소리 지르고 막…, 이런 거 우리는 '진상'이라고 하는데 너도 이런 사람 본 적 있어?"

(반말로 소리 질렀다고 말하고 싶었는데 반말이 뭐고 그게 왜 무례한 건지 이해시켜야 할 것 같아 긴 설명은 생략했다. 체코 출장 갔을 때 진상들은 청원경찰이 실탄 든 총으로 제압한다는 이야기를 가이드한테서 들은 적이 있기는 하다.)

23살이라고 밝힌 이 애는 아직은 문자만 주고받는 사이다. 비슷한 일을 해 본 적이 있어서 그런지 내가 하는 말을 잘 이해한다. 그리고 지금은 변호사이고 법학 석사도 병행하고 있고 서울대에도 붙었다가 코로나 때문에 못 갔고 외국어는 이것저것 한다는데….

"그거 다 진짜야? 못 믿는다는 건 아니고…, 진짜면 너 천재라고. 23살이 변호사가 가능해?"

"응, 진짜야."

나이 세는 법이 우리와 다르고 군대까지 없으므로 가능하다고 한다. 와, 군대 안 가는 게 이렇게 좋은 거구나. 우리는 북한 때문에 군대가 있어야 한다고 설명하자 또 박식한 이야기 한 보따리를 풀어 준다. 덕분에 '징병제'라는 단어를 배웠다.

"그런데 어느 직장을 가도 그래. 네 직업은 좋은 거야. 네 나라를 널리 알리는 거잖아."
"그래, 그래서 더 예의 바르게 행동하려고 노력하는데 그럴수록 무시하는 사람들이 있네."
"Soft skill을 개발해 보는 게 어때?"

이게 과연 23살짜리 맞나. 서양 애들 성숙한 건 알았는데 얘도 만만치 않게 성숙하고 똑똑하다.

"암스테르담 언제 와? 구경시켜 줄 수 있는데."
"이미 두어 번 가 봐서 당분간은 계획 없어. 나중에. (나는 너의 신상을 좀 더 파악할 시간이 필요하다.)"

그나저나 소프트 스킬은 뭘까, 어떻게 해야 길러지는 걸까. 의문과 성찰 한가득이다.

돌이켜 봤다

나만 생각하며 살 수도 없고 남만 생각하며 살 수도 없는 법. 나를 지키려면 싫은 소리도 때로는 해야 하고 욕먹는 것도 감수해야 한다는 것을 안다. 물론 쉽지 않기에 고성 빽빽 지를 줄 아는 성격이 부러울 때도 있다. (그렇게 되고 싶은 건 아니지만.) 상대와 척지지 않으면서 내 호불호를 명확히 표현하는 기술은 아무나 가지기 쉽지 않은 것 같다.

그냥 문득, 돌이켜 봤다. 해로운 상황인지 빠르게 파악하고 '싫소!' 하고 벗어났어야 했는데 그러지 못했던 적들이 몇몇 떠오른다. 상담 선생님이 말한 '감정 표현을 억압당한 기억'을 찾아내야 한다. 아직도 갈 길이 멀다. 다음 주는 현충일이라서 상담을 쉬신다니 아쉽네. 어제도 오늘도 스트레스로 바람 잘 날이 없다. 오늘도 이렇게 지나간다.

인간의 고민은 끝이 없다

식사 그리고 수다

꾸벅 졸음이 오려 할 때 즈음 전화벨이 또르르, C 선배다!

밥 사 주고 싶다며 혹시 도시락 싸 왔냐고 묻기에 "싸 오긴 했는데요, 그거 안 먹어도 돼요!" 대답하고 히죽히죽 웃으며 방방 뛰었다. 겨우 이런 일에 신이 난다니 요즘 스트레스가 큰 거구나. 덕분에 콧구멍에 바람 쐬며 일식집으로 쫑쫑거리며 걸었다. 걸어가는 20분 동안 우리가 둘 다 알고 있는 W 어르신이라는 인물에 대해 칭송을 했다. 그분은 정말 능력도 그렇고 인품도 좋아서 많은 하급 직원들이 존경하더라, 그런 분이 잘되셔야 하는데…, 재잘재잘.

밥을 다 먹고 오면서 C 선배의 또 끝없는 수다. 역학이 어쩌고 명리학이 어쩌고 손금이 어쩌고 관상이 어쩌고. 이분도 관심사가 범상치는 않다. 청계산에 터가 좋은 곳에 무슨 수도원이 있다나, 엑소시즘이 아직도 있다나, 그러다가 무슨 음양오행 얘기까지 나오고 자기는 은퇴하면 이쪽 분야 책도 쓰고 강연도 할 거라고.

"어, 저도 종교학에 관심 있어요." 하자 서울대랑 서강대에 종교학

대학원 있지 않느냐 하신다. 아는 것도 많으시다.

"제가 등대지기를 알아봤는데요, 그것도 전기 기술 자격증이 있어야 하더라고요."

나의 이 실없는 말에 C 선배는 역시 기술이 최고라며, 호주가 기술자를 높게 쳐주니까 지금이라도 기술 배워서 호주를 가야 한단다.

왜 창조되었나

학생 때는 수능이 제일 큰 시험이고 그게 인생의 전부인 줄 알았는데 어째 그렇지가 않더라. 꽤 돈 잘 버는 어른이 되었는데도 나중에 뭐 할지가 걱정된다. 우리 직업이 제일 재주 없고 할 줄 아는 것도 없지 않느냐는 내 말에 한국에 있는 동기 하나도 깊이 공감을 표하며, 은퇴하면 받아 주는 곳 하나 없으니 경비 아저씨 말고 뭐가 될 수 있겠냐고 한다.

불교철학에 관심이 많은 C 선배. 불교에서는 태어나는 것 자체가 고통이라고 했던가. 크으, 역시 석가모니는 똑똑하신 분이다. 반면 기독교에서는 사는 동안 신께서 부여하신 목적을 성취해야 한다지. (더 자세한 건 종교학 대학원 가서 알아보자.) 재미없게 살라고 나를 만드신 건 아닐 텐데…. 나는 이 세상에서 뭘 이루고 가야 할까.

잘됐으면 좋겠다

이전 근무지에서 나를 참 잘도 도와줬던 K 직원. 무려 러시아어 통번역 석사학위가 있는 인재다. 지시를 하면 빠릿빠릿하니 기대 이상의 것을 가져오곤 해서 감동받은 적이 여러 번이다. 너무 똑똑하니까 불평이 많아서 어르신들한테 정을 맞곤 했다. 넌 시키는 거나 하라며. 그때마다 이 똑똑한 모난 돌을 달래 주고 고민을 들어주는 건 내 역할이었다. '이 친구, 능력 있는데 참 아깝네….'

발레리나로서 러시아에서 활약하다가 무릎을 다쳐서 그만두고 러시아어 통번역 석사 취득, 그리고는 사무직으로 취업하기까지 이 친구도 알고 보면 파란만장하게 살아왔다. 어찌 장래에 대한 고민이 없을까. 러시아어 전공을 살리고 싶어 하는 이 친구가 자기한테 꼭 맞는 자리를 찾아서 잘되기를 바란다. 물론 나도. 너도. 우리 모두.

마무리는 언제나 그렇듯 실없는 소리로

다시 태어나면 아메바로 태어나고 싶다는 생각을 종종 한다. 고통도 고민도 없는 삶. 인간의 삶은 고달프다, 고달파. 그런데 아메바로 태어나려면 윤회해야 하는데. 죽은 다음에 윤회를 할지 끝이 날지 그걸 어찌 안담. 어쩌면 나 같은 생각을 한 사람들이 종교철학을 만든 것일지도?

우리가 사는 세상

2022. 6. 8.

#체코 친구와 만남

역 안에서부터 대마초 냄새가 걸쭉하게 나기 시작하면 암스테르담에 다 온 것이다. 여기서부터는 긴장을 바짝 해야 한다. 엑스자로 멘 가방이 몸 뒤로 돌아가지 않도록 다시 두 손으로 꼭 쥐고 주변을 경계, 또 경계. 서로 무슨 옷을 입었는지 미리 알려 주고 약속된 장소에서 C를 만났다. 같이 버스를 타고 간 곳은 암스테르담 근교의 소도시인 볼렌담이다. 스몰 토킹을 좀 하다가 그동안 경험한 나라들을 열거하니 이 친구 눈이 동그래지며 흥미로워한다.

수다 떨면서 양 목장도 보고 풍차도 보고, 치즈 박물관도 구경하고…, 대구 튀김(키벨링이라고 한다)을 같이 사 먹으면서 이방인으로서의 애환과 직장 스트레스를 공유했다. 그리고 짧은 세계사 공부. 내가 체코와 슬로바키아가 어떻게 분리된 거냐고 물어서 또 유익한 이야기 얻어들었다. 만나 보니 실제로도 박식한 친구다.

C는 최근 우리가 만난 애플에서 어떤 사람으로부터 난데없이 저주에 가까운 악플을 받았다고 한다. 알다가도 모를 심보다. 언어 교환하려고 펜팔 애플 깔았으면 곱게 영어 연습이나 하지 무슨 짓이람. 오

프라인에서 가만히 있는 사람한테 괜히 시비 걸고 분풀이하는 게 묻지마폭행이라면 온라인에서는 이런 악플러의 형태로 나타나나 보다. 온라인 세상의 발달은 그럼 해로운 걸까. 차라리 오프라인의 이상한 사람들이 다 온라인으로 넘어가서 온라인에서만 이상한 짓을 한다면 다행인 걸까.

언제나 생각은 쭉쭉

신설 임원진 운영이 어떻게 돌아가는지 물정에 어두워지는 듯하다. 회장님이 어떻게 생기신 분이더라…. 인터넷을 들어가 보니 이것저것 여러 가지가 있다. 안 벗겨지는 덧신 광고에서부터 기상천외한 행동으로 남의 영업에 피해를 주는 사람까지. 덧신 신으면 항상 잘 벗겨져서 불편했는데 기술이 이렇게 발전하는구나, 이 세상에는 이상한 사람들이 참 많다. 오늘도 이렇게 간접경험으로 별별 생각이 쭉쭉 뻗어 나간다.

각종 포털과 언론 사이트는 개구리소년사건으로 떠들썩하다. 90년대 초반에 일어난, 심지어 안타깝게도 공소시효가 지나 버린 오래된 사건이지만 아주 어린 세대가 아니라면 누구나 알 그 사건. 어떤 네티즌이 범행 흉기를 안다며 자기 입장에서는 꽤 논리적으로 추론한 글을 올린 것이 주목을 받게 된 것이다.

그때에도 요즘처럼 CCTV가 있고 스마트폰이 있었더라면 아이들이 안 죽었을까 생각하다가…, 아니다. 그냥 그 시대에 맞는 범죄와 예방이 있는 것 같다. 왜냐, 그 시절에는 악플러라든가 각종 디지털 범죄는 또 없었던 걸 보면 말이지. 어떤 만화에 보면 사람이 죽어서 가는 여러 지옥 중 발설지옥에서 염라대왕이 '예전에는 혀만 뽑으면 됐는데 이제는 손가락도 뽑아야 하나' 고민하는 대목이 있는데 인상 깊은 장면이라고 하겠다.

찌르는 자도 찌르는 자대로 진화하고, 막는 자도 막는 자대로 진화하고. 그렇게 고대나 중세나 현대나 미래나 똑같겠다는 생각을 해 본다. 또 스마트폰 촬영으로 사회의 많은 부조리가 세상에 공유되고 인식이 성장하는 걸 보면 창이 방패가 되기도, 반대로 정도를 넘어 신상 털기 등 사적 정의 구현이 되면 방패가 창이 되기도 한다는 재미난(?) 사실.

여행을 가자

여튼 박식하고 세상에 관심이 많은 C가 한국영화랑 한국 여행지 하나씩 추천해 달라기에 〈올드보이〉랑 하동을 알려줬다. 뿌듯. 하동 사진을 보여 주며 서울이랑 약 4시간 거리이고 내가 제일 좋아하는 곳이라고 하니 '와우'를 연발한다. (외국인 여행객 너무 많이 늘면 안 되는데…, 청정 지역으로 남아야 하는데…, 괜히 알려 줬나.)

"네덜란드는 어딜 가도 똑같고 여기 사람들은 뭔 재미로 사는지 모르겠어."라고 하니까 C도 하하 웃으며 "네 말 뭔지 알겠어."라고 한다.

이제 많은 나라가 코로나 방역 정책을 완화하고 있으니 나도 주변국 여행을 슬슬 시작해야지. 여기에만 있으니까 맨날 쓸데없는 생각만 깊어진다.

'세상엔 별일도 많고 별사람들도 참 많아.'

그래도 복작거리며 잘 살아간다.
미제 사건들도 다 해결되기를.

같기도 다르기도

2022. 6. 9.

외국 살면서 문화차이를 하나씩 발견하는 것은 재미있는 일인데, 예를 들면 정착 초기에 마트 야채 코너에서 당황했던 적이 있었다. 단으로 묶어 파는 야채가 전혀 보이지 않았다. 시금치 한 단, 파 한 단이 없고 조각조각 난도질되어 있는 야채만이 진열대에 있었던 것. 왜 그러나 했더니 얘네들은 나물을 안 먹고 샐러드를 먹기 때문이었다. 내 나름의 분석이지만 샐러드랑 샌드위치 같은 것을 먹으니까 직장에서의 점심시간도 한국보다는 상대적으로 짧고, 그러다 보니 대체로 퇴근이 빠르고 집에 가서 가족들이랑 식사하고, 외식비가 비싸니까 집에 초대해서 먹는 홈 파티 문화가 발달하고…, 문화차이란 이렇게 작은 것에서 비롯되는 게 아닌가 싶다.

(물론 점심시간은 회사마다 다르고 여기도 야근이 아예 없지는 않다. 분명히 '대체로'라고 했다.)

현지인들 몇몇과 대화하며 물으면 자기들도 직장 스트레스가 크다고 한다. 배울 것 없고 지루하고 앞날에 도움이 안 되지만 그냥 다니고 있다나. 복지국가라고 해서 직장 생활도 즐겁겠지 하는 막연한 편견을 가졌건만 사람 사는 모양새는 역시 다 같은가 보다. 네덜란드라고 하면 튤립이 만개한 자연 속에서 하이디마냥 뛰어놀면서 신선한 소젖을 마실 거라는 이미지가 있지만 막상 현실은 비바람 속의 고군분투이고 복작거리는 세계라는 것. 즉, 어딜 가도 천국도 없고 지옥도 없다. 그냥 다 똑같다.

서양인들이 쿨하고 직선적이고 개방적이라는데, '쿨하다'의 정의도 불분명하다만 여기 사람들도 기쁘면 웃고 슬프면 우는 거, 꽁하고 섭섭해하는 거, 황당해하는 거 똑같다. 만화《먼나라 이웃나라》를 보면 게르만족은 '밥 먹자'고 하면 한국 사람들과 달리 곧이곧대로 받아들인다고 묘사되어 있지만 그것도 다 뻥이다. 여기도 빈말(Empty appointment)이라는 게 있고 돌려 말하기라는 게 있다. 정도의 차이일 뿐.

동성애를 하든 이성애를 하든 신경도 안 쓰는 나라지만 그 와중에도 전통적인 관념이라는 게 있고 (예를 들면 남자는 이래야 한다, 여자는 이래야 한다는 식) 그런 관념은 놀랍게도 공통적이다. 다만 그런 고정된 사고방식을 '지양'할 뿐이다. 세상은 참 다르면서도 같다.

참고로 현지인 친구를 통해 얻은 정보 또 하나. 네덜란드도 한국처럼 집값이 오르고 있어서 많은 사람들이 결혼을 늦은 나이까지 미루고 집 사는 것을 우선으로 여긴단다.

이 나라, 아마 1년 정도 더 있을 건데 더 많이 알아 가 보자.

파리 날리며 보낸 하루, 잡소리

2022. 6. 12.

사이코패스를 주제로 한 〈침범〉이라는 네이버 웹툰이 있대서 보려는데 잔인한 장면이 있으니 성인 인증을 하란다. 한국 유심을 정지시킨 상태라 본인인증도 안 되고, 이거 참 웹툰 하나 보는 것도 해외에 사니까 어렵다. 한국 가서 보기로 미루고 메모장에 제목만 써 둔다. 이상하게 나는 사이코패스, 강력범죄 나오는 영화라든가 〈그것이 알고 싶다〉 같은 걸 참 좋아하는데 왜인지는 모르겠다. 논리적인 성향을 가졌기에 범인이 누군지 풀어 가는 과정을 보는 게 흥미롭게 느껴지는 건지, 나나 내 주변이 지나치게 평탄하기에 평탄하지 않은 것을 알고자 하는 호기심인지.

하여튼 뇌 주름이 평평하게 펴질 것 같은 재미없는 일상 속에서도 요 며칠은 기분이 좀 좋았으니, 하나는 내가 담당할 뻔한 저녁 행사가 운 좋게 다른 동료의 담당이 되어서 개인 시간을 벌었다는 거고 또 하나는 주말 일정을 채워 나가고 있다는 점이다. 아직도 긴팔을 두 겹씩 입고 다니지만 낮 시간에는 제법 따뜻하다. 이때 열심히 밖에 나다녀야 한다.

프랑스에 있는 동기랑 독일에 있는 동기가 나를 보러 온다고 했고 나도 7월에는 핀란드에 갈 거고 홈 파티 날짜도 잡았고 N이랑도 만나서 수다 떨기로 했다. 고민이 있다고 하고 이런저런 얘기를 해 보려고 한다. 공개 가능한 범위에서 약점을 내보이는 것은 관계를 친밀히 하는 데에 분명히 도움이 된다. (N의 회화 연습에도 도움이 된다면 영광이겠다!) N은 지금 고향에서 휴가를 보내는 중인데 나에게 사진들을 여러 장 보내 주었다. 그 덕분에 나도 에스토니아에 가고 싶어져서 광복절 연휴 2박 3일 일정으로 탈린행 비행기를 덜컥 예매해 버렸다. 뭐든지 생각이 들면 바로 실행에 옮겨야지 안 그러면 놓치고 만다. 광복절은 정말 기쁜 날이다. 이런 날일수록 즐겁게 보내면 선조들이 흐뭇해하지 않을까 하는 생각을 해 본다.

그래서 또 쭉쭉 뻗는 생각.

요즘 애들이 3·1운동을 '삼 점 일 운동'으로 읽고 안중근 의사를 병원의 의사로 안다고 개탄하는데, 글쎄…, 발상의 전환을 해 보자면 꼭 그렇게 개탄할 일만은 또 아닌 것 같다. 왜냐, 몽골이 고려를 침략한 게 더 이상 열 받는 일이 아니듯이 어쩌면 관심에서 사라져 간다는 건 상처가 치유되고 있다는 뜻도 되니까. (물론 아예 잊지는 말아야겠지.)

좋은 일 또 하나. 점점 멍청해지고 있는 것 같아 고민했는데 펜팔 애플에서 채팅하는 현지인 친구가 이런 명언을 남겨 줬다.

"멍청해지는 것도 괜찮아. 모든 사람이 항상 진지하다면 삶은 재미가 없을 거야."

애는 또 뭔데 이렇게 똑똑해.

인복이 있다고 해야 할지 모르겠는데 아직까지는 정상 범주에 드는 사람만 만나고 있다.

마트 철학

2022. 6. 14.

살까 말까

콩우유에 중독되어 버렸다. 한자로 쓰면 두유겠지만 한국인이 통상 생각하는 두유는 아니고 콩이 8% 들어간 콩 맛 나는 우유다. 식욕이 돌아온 건 좋은데 맛이 은근 중독성이 있어서 자꾸 생각나니 미칠 노릇이다. 우유를 먹다 보면 남의 젖을 맛봐야겠다고 생각한 최초의 인류는 대체 어떤 기인이었을까 문득 궁금해진다.

송이버섯, 느타리버섯, 팽이버섯, 표고버섯…, 종류가 얼마 되지 않는 식용버섯을 알기까지 얼마나 많은 사람들이 죽어 나갔을지, 또 이들은 얼마나 선구자였을지 버섯 코너에서 잠시 생각해 보고, 과자 코너를 얼씬거린다. '살까 말까.' 입안의 쾌락이냐 건강이냐 그것이 문제로다.

인생을 흔히 여행에 비유하는데 나는 장보기에 비유하고 싶다. (아마 이런 비유는 처음일걸!)

한정된 재화로 최선의 선택을 해야 하고, 그러려면 미리 뭘 살지 생각해야 하지만 때로는 계획 없이 이것저것 주워 담았다가 후회도 하고, 그러다가 뜻밖의 새로운 맛을 발견하기도 하는 게 인생과 많이 닮아 있다. 케이크로 카트를 채우느냐 신선한 양상추로 카트를 채우느냐, 이러나저러나 일장일단이 있으니 선택도 책임도 자기 몫이다.

내가 생각해 낸 개똥철학, 아니 마트 철학이다.

나라는 사람을 탐구하다

온라인 심리상담 6주차. 나라는 퍼즐을 한 조각 한 조각 맞추고 있는 중이다. 감정 표현이 분명하지 않고 이래도 저래도 좋은 사람인 줄 알았는데 나에게도 좋아하는 것과 싫어하는 것이 있었다. 특히 인간관계에 있어 내가 좋아하는 사람은 박식한 사람, 똑똑한 사람, 말이 통하는 사람이고 싫어하는 사람은 멍청하고 무식한 사람이다.

(내가 C 선배를 좋아하는 이유가 있었다. 그 밖에도 다른 곳에서 일하고 있는 O 선배, K 선배 등 내가 그동안 겪으며 좋아한 사람들은 일 잘하고 똑똑하다는 공통점이 있다.)

똑똑하지 않아도 성격 착한 사람을 좋아하는 사람이 있는가 하면 나 같은 사람도 있고, 말 많고 유쾌한 사람을 좋아하는 사람이 있는 반면 말 없고 진중한 사람을 좋아하는 사람도 있으니 취향은 참 다양하다. 상담 결과 나는 상대방이 '소통이 되는 사람인가'를 중요시하며 '소통'과 '연결'을 높은 가치로 여긴다는 점을 알았는데 왜 이것들을 높이 치게 되었는지는 다음 주에 알아봐야 한다.

중요한 건, 내가 무엇을 좋아하고 싫어하는지 스스로 분명히 하고 좋아하는 쪽을 향해 나아가야 한다는 것. 그래서 건강한 삶을 살기 위해 내 호불호를 우선적으로 파악해야 하는 거였다. 내가 '양상추'에 가치를 두었다면 '케이크'를 잠시 집어 들었더라도 내려놓을 수 있는 강단, 용기가 필요한 것이다. 이때 필요한 생각은 '나는 소중한 사람이니까 설탕 덩어리가 날 해치게 할 수 없어!'라는 것.

이번 주 상담에서도 배울 점이 많았다. 잊을 건 잊어야 하고, 나쁜 경험에서도 배울 점이 있다. 그리고 나는 생각보다 잘하고 있다. 상담 선생님 덕에 내 장점을 발견하게 되었는데, 말수가 적어 짧게 간결히 말하면서도 핵심이 뭔지 잘 알게 말한다고 한다. 듣는 사람 귀에 그렇게 들린다니 다행이다.

어떻게 하는 건데요

2022. 6. 16.

그러거나 말거나

아직도 아침저녁에는 긴팔 옷을 입고도 쌀쌀하다. 현지인들은 태어날 때부터 익숙한 날씨라 그런가 추위에 강한 것 같다. 하긴, 겨울철에 어린 애들도 얇은 재킷 하나 걸치고 자전거로 쌩쌩 다니는 거 많이 봤다. 그렇게 자랐으니 안 추울 만하다. 나랑 달리 반팔에 반바지, 완전히 여름이다.

자유의 국가, 네덜란드. 여기 사람들의 기본 마인드는 '그러거나 말거나'다. 팬티가 다 보이도록 치마를 휘날리며 자전거를 타든 말든, 웃통을 벗고 활보하든 말든 그러거나 말거나. '저 사람은 많이 더운가 보다.' 한다. 속옷을 안 입었으면 '입기 싫었나 보다.', 길에서 남자끼리 쪽쪽거리고 있으면 '둘이 좋아하나 보다.' 정말 그러거나 말거나다.

현지인 친구 L이 자기 나라 여자들은 뱃살이 나오든 뚱뚱하든 입고 싶은 대로 입는데, 서울 여행 갔을 때 성형외과 광고가 흔하게 보여서 놀랐다고 했었다. 한국은 남의 시선을 많이 신경 쓰는 것 같다고. 남이 어떻게 생각하든 말든 나는 나고 너는 너라는 생각. 행복의 대원칙이다. '나'를 제일 우선시하고, 내가 중요한 만큼 남도 존중하는 나라. 어쩌면 네덜란드 사람들 스트레스 지수가 우리보다 낮은 비결은 아주 간단하다.

#마음 다스리기

해외에만 거의 6년째인 동기 하나가 김구 선생님 어록이라며 마음 다잡게 만드는 글귀들을 보내 줬다. 참, 이 동기로 말할 것 같으면 첫 근무지에서는 길 가다가 인종차별주의자에게 물벼락을 맞는가 하면 다음 근무지에서는 오토바이 날치기를 당해서 경찰서를 들락날락하기도 하고, 일이란 일은 혼자 다 해서 병원행 직전까지 가기도 했던 '인생 만렙' 동기다.

"상처를 받을지 말지 내가 결정한다…, 모든 것은 나로부터 시작된다…." 김구 선생님은 좋은 말씀을 많이도 남기셨다. 내 향수병과 스트레스, 우울감 따위는 갖다 대지도 못한다. 나라 잃은 고통 정도는 겪어 줘야 만렙이 될 수 있는 걸까. 이거 말고도 법륜 스님 말씀이나 인터넷에 떠도는 글귀들 같은 걸 보면 괴로움도 외로움도 결국 다 내 마음의 문제이므로 나부터 바로 서야 한다고 한다. 나 자신을 존중하고 단단해져야 당당한 매력이 뿜어져 나오고 남에게도 너그러워지며 힘든 일들도 쉽게 극복한다는데, 말이야 쉽지. 머리로는 맞는 말인 거 알겠는데 마음은 따로 논다.

선생님, 그래서 마음 다스리는 거 어떻게 하는 건데요.

오랜만에 김치를 사 와서

2022. 6. 19.

나이를 신경 쓰지 않는 나라에서 외국인 친구들이랑 만나니까 한국 같으면 '어쭈?' 할 만한 말과 행동도 있긴 한데 오히려 나라는 사람이 있는 그대로 존중받는 느낌이다. 언니, 누나, 동생, '관계' 속에서의 내가 아닌, 그냥 나. 나이 많은 사람은 그냥 우연히 일찍 태어난 사람일 뿐이다. 모든 사람을 가족 호칭으로 (심지어 식당 종업원도 이모님이라고) 부르는 우리나라의 관계 지향적 문화와는 확실히 대조적이다. 그리고 관계 지향적 문화에서 비롯되는 오지랖과 훈수. 젊은이들을 자기 자식처럼 느끼니까 앞날이 혹여 잘못될까 걱정하는 마음이겠지. 정도가 지나치면 짜증 나기는 하지만 적당할 때는 따뜻하게 느껴지기도 하니 이곳과 한국의 문화는 분명히 장단점이 있다.

김치가 먹고 싶었는데 한인 마트 가기가 귀찮아서 피클을 대신 먹어 오다가 오랜만에 김치 한 봉지 사 왔다. 자기 나라 음식 맛없지 않느냐며 자조 개그를 펼치는 현지인 친구들에게, 맛없을수록 건강한 음식이라고 대답했었다. 마늘과 고춧가루를 많이 써서 자극적인 한국 음식은 위 건강에 좋지 않지만 피클이 채워 주지 못하는 미각적 공허를 채워 준다. 마치 '그냥 나'이다가 '관계 속의 나'가 되는 것처럼. 카드 잃어버리지 말고 카드 비밀번호 노출되지 않게 조심하라는 한인 마트 사장님의 따뜻한 오지랖에 미소가 씨익 번진다.

으음, 오랜만에 먹는 김치야. 한국의 맛.

아마도 갈치는 북해에 안 사나 보다

나는 이런 사람

나라고 해서 나를 잘 아는 게 아니고 어쩌면 제삼자가 봐 주는 게 정확할 때가 있다. 자만심에 빠졌을 땐 스스로를 너무 높이 평가하고, 비관적일 때는 눈 하나 코 하나도 못생겨 보이는 게 사람 심리라. 옆에서 '아니야, 괜찮아. 너한테는 이런 점이 있어.'라고 말해 주는 사람이 필요한 법.

심리상담을 받다 보니까 발견하게 되는 게 많이 있다. 네덜란드 와서 현지인 친구들 보며 이것저것 배우고 느낀 게 많으니 추운 데에 왜 왔나 하고 불평할 일이 아니었다. 그들에게 배운 대로 내 인생은 내가 설계하면 될 일이다. 알고 보면 나는 무척이나 독립적인 사람이다. 혼자 사는 것 자체는 매우 편하고 나한테 잘 맞다. 고독한 거야 뭐, 인간의 근원적인 것이니 논외로 하고.

예전에 같은 성별의 동료랑 출장 가서 예산 부족으로 2인 1실을 써야 했는데 같은 침대에서 자기 싫어서 화장실에 수건 깔고 자겠다고 했었다. 동료가 극구 말리는 바람에 결국 같이 잤지만. 나는 이런 사

2022년 5월—12월 **89**

람. 공간을 공유하는 게 끔찍하게 싫고 간섭이나 구속도 극도로 싫어
하고 내 일은 죽이 되든 밥이 되든 내가 하기 좋아하는 사람. 다들 생
긴 대로 살듯이 나도 나대로 살아야 한다.

갈치구이 먹고 싶다

어쩐지 마트에서 갈치를 본 적이 없는 것 같아 현지인 친구에게 갈
치 사진을 보여 주며 이거 파는 데 없냐고 물으니 '이게 뭐야?'라고 하
는데….

"영어로 뭔지 모르겠어. 사전에서는 Cutlassfish라고 하네?"
"한국어로는 뭐라고 해?"
"갈치. Galchi."
"음…, 글쎄 여기서 제일 비슷한 건 Swordfish(황새치)인 거 같은데….
네가 말한 갈치는 아마 대서양에 살고 여기선 잘 안 먹는 거 같아."
"그렇구나. 어쩔 수 없네."

갈치도 갈치대로 제 좋을 곳에 사나 보다.

#궁금증

북해에 접해 있으면서 생선 종류가 왜 한국만큼 다양하지 않은지, 인사는 포옹과 볼 뽀뽀로 하면서 왜 여자끼리는 손이라도 잡으면 레즈비언으로 보이는 건지, 왜 언어에 남성, 여성이 있는 건지, 그 편한 도어록을 안 쓰고 왜 열쇠를 쓰는 건지 등등 내 좋을 곳을 떠나와 살다 보니까 궁금한 건 한두 개가 아니다. 이방인의 하루는 또 이렇게 저물어 간다.

번뇌를 셀 수 있으면 다행이겠네

2022. 6. 24.

추상적이고 손에 잡히지 않는 번뇌가 수치화, 계량화되어 명확히 보인다면 108개가 아니라 1,008개라도 의연할 수 있을 텐데.

왠지 알 수 없는 마음의 파동으로 집중이 잘 안 되는 요즘이다.

일단 가만히 있어 보자. 흘러가는 대로….

1. 유튜브로 반야심경 1시간짜리 틀어 놓고 업무하는 중. 뜻은 모르지만 그냥 좋아.
2. 내 번뇌를 내가 몰라.
3. 그래도 금요일이다.

모범 영업 사원

우리는 글로벌마케팅 팀

'고민 있어요' 전략이 통했다. 집을 선뜻 내어 주고 따뜻한 밥을 제공해 준 N에게 무진장 고맙다. 이런저런 사는 얘기를 나누다 보니 또 새삼 사람 사는 건 다 같다는 걸 느낀 하루다. "인생 역전하려면 로또를 사야 할까요?" 하고 내가 묻자 "부자 사람이랑 결혼해야 돼요." 하고 받아치는 N. 이 정도 농담이 가능한 거 보면 많이 친해졌다고 봐도 되려나.

친구 N이 대접해 준 식사

N의 어머니도 나에 대한 이야기를 듣고 한국어를 배우기 시작했다고 하고, 나도 이 친구 덕분에 에스토니아에 가 보려고 마음먹었으니 이런 게 '소통'과 '연결'의 힘인가 보다. 나는 한국을 홍보하는 영업 사원, N은 에스토니아를 홍보하는 영업 사원이다.

끼리끼리

정말 다행이면서도 신기한 건 나랑 친한 사람들이 나랑 여러 면에서 비슷하다는 점이다. 끼리끼리 논다는 옛말이 맞나 보다. 동상이몽인 사람을 만나면 서로 상처받기 마련인데 그럴 일이 없으니 다행이다. 벽에 한국어 단어를 메모해 가며 공부에 힘쓰는 N뿐만 아니라 '낙태', '합법', '소송' 등 어려운 단어들도 막힘없이 구사하는 홍콩 친구, 그리고 대화 때마다 명언을 남겨 주는 똑똑한 현지인들에게서 배울 게 너무나도 많다. 한 명 한 명이 모범 영업 사원이다. 그리고 내가 판단이 흐려 어떡할지 물어볼 때 "그건 아니야.", "안 돼."라고 말해 주는 사람들 속에 있다는 게 얼마나 복스러운 일인지!

나도 누군가에게 모범 사원으로 보일까

한국어를 배우는 외국인 친구들이랑 말할 때는 속도도 천천히 하고 바른말 표준말을 쓰려고 노력하게 된다. 채팅할 때에도 마찬가지. 오타라도 내면 상대방은 그게 맞는 줄 알 테니까 다 쓰고 나서 점검 과정을 거친다. 모범을 보인다는 게 이렇게 어렵다. 나도 남에게 좋은 영향을 주고 싶다. '저 친구처럼 되고 싶다'는 생각이 들게 하고 싶다. 과연?

나방이 되지 말자

2022. 7. 1.

1. 여기는 고무장갑도 마미손만 못하고 보일러도 귀뚜라미만 못하고…, 뭐 어느 것 하나 나은 게 잘 없는 것 같다. 대체 한국은 얼마나 잘사는 거지?

2. 우리한테 없는 트램 길이 처음에는 무척이나 신기했다. 지금도 그렇다. 트램, 자전거, 자동차가 질서 있게 같이 다닐 수 있는 게 신기하다. 도로라는 걸 발명하고 설계한 우리 인류, 똑똑하다.

3. 인사 철이라 그런가, 다들 번뇌에 시달리고 있다. 나 붙잡고 징징징 얘기하는 동기들이 있어 고맙다. 나를 편하게 여기고 말을 잘 들어주는 사람으로 여기기에 가능한 일일 테니까. 음, 나라는 사람 나쁘지 않은가 보다.

4. 두 어르신들 사이에서도 묘한 기류가? 요즘은 눈치 보고 있다. 깨갱. 어르신 방에 갔다 온 나에게 C 선배가 지금 어르신 기분 어떠시냐고 묻는다. 기분 좋을 때 보고하러 가겠다며.

5. C 선배한테 빌려 온 《한용운의 채근담 강의》, 아무 데나 펼쳤더

니 이런 말이 나왔다. "나방이 불에 뛰어들면 불이 나방을 태우나니, 재앙이 생기는 데 그 원인이 없다고 말하지 말라."

나방이 되지 말아야겠다.

손절의 신

밖으로 원만하자

같은 책인데도 어느 페이지에선 살얼음을 밟듯이 살라고 하고, 어느 페이지에선 지나치게 두려워하면 이루는 일이 없다고 하니 어쩌라는 건지 모르겠다. 결국 인생에는 정답이 없는 법. 그래서 더 어렵다. 절대신조차 자유의지를 주고 '알아서 살아 봐라' 했으니, 스스로가 주관이 뚜렷하지 않으면 힘들 일이다. 때로는 되는 대로 저지르며 사는 사람들이 부럽기도 하다. 계획형 인간(ISTJ)으로 생겨 먹은 것을 어쩌랴.

ISTJ 인간은 '손절의 신'이라 불리기도 하며 실제로 주요 특징 중 하나는 손절을 잘한다는 것인데 나도 그렇다. 한 번이라도 신경 거슬리게 행동한 사람한테는 다시는 정 없다. 스트레스 요인을 원천 제거해 버리는 게 나한테 이롭다고 생각하기 때문인데, 단점인지도 모르겠다. 뒤에서 흉을 볼지언정 겉으로는 넉살 좋게 대하며 두루두루 넓은 관계를 유지하는 사람들이 대단하다고 생각한다. 그러던 중 아무 데나 편 책에선 또 마침 나에게 필요한 구절이 나와 버렸다.

"좋아하거나 싫어하는 마음이 너무 분명하면 사물에 대한 관계

가 원활하지 못하다. 어진 사람은 안으로 엄격하고 밖으로 원만하다."(《한용운의 채근담 강의》)

이 책 신통하네!

#요즘 느낀 여러 생각들

1. 술을 잘 마신다고 어른이 아니라, 잘 마신다고 자랑하는 걸 부끄럽게 여기는 게 어른이다.
2. 밥값은 내가 내는 게 당장은 손해 같아도 뒤탈이 없고 당당할 수 있다.
3. 그냥, 오늘도 안타까운 뉴스들을 보며 궁금증.

   왜 남자와 여자의 힘은 다르게 만들어졌을까. 조물주는 대체 무슨 생각으로?

   여자도 남자만큼 힘이 셌다면 어쩌면 세상에 전쟁은 두 배였을까. 그래서 조물주가…?

음, 불필요한 인간들과 두루두루 어울릴 시간에 손절하고 혼자 사색하기 좋아하는 ISTJ인지라 생각이 참 많다.

중간 점검

한번 앓고 나면 면역이 생긴다

여전히 전기장판이 필요하고 비바람이 자주 불지만 그래도 여름은 여름이라 겨울보다 살 만하다. 이 좋은 시간이 얼마 안 남았다. 10월 이후에는 다시 암흑이 찾아오겠지. 두 번째로 맞는 겨울은 좀 더 강하게 대처할 수 있으려나. 여기서 나고 자란 현지인들조차도 겨울철에는 정신과 치료받는 사람이 많다고 하니 내가 힘들어하는 것도 이상한 일이 아니다. 난 왜 약할까라는 생각은 하지 말자.

탐색, 발견

내가 무엇을 좋아하는지 분명히 알고 나를 기쁘게 해 주는 걸 추구하는 게 중요하다. 추운 나라 와서 발견한 건데, 나 반신욕 좋아하네? 그래, 목욕용품에 돈을 쓰자. 버블바, 배쓰밤, 바디스크럽에 50유로 주고 대량 구매했다.

살다 보면 또 어떤 즐거움이 있을지 모른다. 내가 못 겪어 본 즐거움에는 또 뭐가 있을까…, 생각 또 생각.

'원래'라는 건 없다

2022. 7. 10.

개수작을 다 당해 보네

최근 며칠 좀 짜증 나면서 재미난 일이 있었다. 우스우면서 슬픈 걸 '웃프다'고 표현하는데 나 같은 경우는 그럼 '짜미있다', 아니면 '잼증 난다'고 해야 할까? 아직은 내 스펙트럼 중 '낯선 사람' 영역에 존재하는 맹랑한 녀석 하나가 개수작을 걸기 시작했다.

1. 집에서 술 먹자

갑자기 소주 먹는 법을 가르쳐 달라는 이 녀석.
엥, 소주 먹는 거에 법이 있어? 그냥 먹으면 되지. 난 이미 한마디에 속셈을 간파해 버리고 "네가 사면!"이라고 응수했다. 그랬더니 "물론이지."라며 여러 가지 맛의 소주를 파는 곳을 안다는데….

"거기가 어딘데?"
"○○(한인 마트 이름)! 여기서 사서…"

장난하냐. 난 또 근사한 술집이라도 말하는 줄 알았다.

"있잖아, 난 '좋아하고', '믿는' 사람이 아니면 같이 술 안 먹어. 특히 밖에서가 아니면."

"어 그래, 그냥 여기선 그런 문화가 Normal한 거야. 원래 그렇게들 해. 근데 네가 불편하면 알겠어."

2. 영화를 보자(Movie night)

한번 퇴치당하니 이번엔 다른 전략을 들고 온다.

"그럼 내 집에서 술 없이 영화만 보는 건 어때?"

"너네 집 대문 열어 놔도 돼?"

"하하, 내가 뭐라도 할까 봐?"

"난 학교에서 대문 열라고 배웠거든."

"그래? 왜?"

"안전 때문이지. 그런데 신뢰가 생기기 전에는 밖에서 보자."

3. 별을 보자

"그럼 밖에서 밤하늘 별을 보며 대화하자!"

"백야인데 별을 어떻게 봐. 그리고 여기는 한국만큼 안 덥잖아. 나 아직도 전기장판 쓰는데."

"아니야, 여기도 여름밤은 따뜻해. Really nice할 거야."

"차 시간부터 볼게. 나는 규칙적인 생활을 하기 위해서 '셀프 통금'을 두고 있거든. 최대 11시까지로."

"아, 그럼 별 못 보는데…."

4. 일몰을 보자

"그럼 일몰 보러 가자! 너 통금 안에 볼 수 있을 거야."

"그럼 겨울에 보자. 빨리 보고 빨리 집에 가게."

"추울 텐데?"

"네가 말하는 곳은 대중교통도 없어."

"나 차 있어! 태워 줄게."

"너 번호판 사진 찍어도 돼?"

나를 더 알아 가고 싶다는 이 어이없는 친구. 알아 가고 싶으면 더욱 낮에 밖에서 봐야 하는 거 아니었니. 친해지고 싶은 사람이랑 밥 먹는 이유가 뭔데. 음식 취향이 어떤지 요리는 곧잘 하는지 물어보며 일상을 공유하고, 식사 예절이나 종업원 대하는 태도를 보면서 가정 교육 수준을 파악하기 위해서가 아니었나? 재미있다 재미있어.

#넌 또 왜 말썽이냐

회사는 언제나 바람 잘 날이 없다. 단 하루도! 현지인 직원이 한국인 신입 직원에게 저지른 불미스러운 일로 넘버원 어르신 완전히 화나셨다. 가해 직원 처벌 수위를 정하기 위한 회의에 나도 참석하게 되었다. 가해 직원은 그저 자기는 인사의 의도였다고 주장하지만 어딘가 정황상 석연치 않다. 피해 직원도 처음엔 '이곳 문화인가' 싶은 마음에 헷갈려 하다가 도저히 안 되겠어서 신고 절차를 밟았다고 한다.

사실 이런 비슷한 일이 동기네 근무지에서도 발생했었다. 거기서도 가해 직원은 여직원 엉덩이를 탁 친 것이 자기들 인사법이라고 주장했다는데. 한국인 직원들 일동 당황해 진짜 그런지 사실 조사에 시간이 걸렸던 모양이다. 그런데, 아무리 생각해도 엉덩이 치는 게 인사인 나라가 있는지는 듣도 보도 못했다! (왜들 그 모양이냐 정말.)

#내가 싫으면 싫은 거다

외국인으로서 조심해야 할 것들 중 하나는 '여긴 원래 그래'라는 말에 속지 말아야 한다는 것이다. 내가 싫으면 싫은 거고 남의 문화에 절대로 억지로 맞춰야 할 것이 아니다.
그럼 위의 맹랑한 녀석이 말한 대로 잘 알지 못하는 사람을 집에 들

이는 것이 유럽권에서 Normal한 것인가 알아보자! (사실 나도 집 초
대 문화가 발달한 곳이라 헷갈렸다.)

1. 체코 남성: 네덜란드가 자유분방하긴 하지. 체코의 경우는 최소
   3—5번은 밖에서 봐. 사람이 친해지려면 시간이 필요하잖아. 사
   람에 따라 더 오래 걸릴 수도 있고. 좋은 사람이면 상대방의 의
   사를 존중할 거야.

2. 아일랜드 남성: 한두 번 본 사이에 집에 불렀다고?? 왓 더…!

3. 독일 거주 동기: 헐, 그 남자 걸러요. 독일에서 집 초대는 진심으
   로 사귀고 싶은 사람한테만 하는 특별한 행위예요.

…라고 한다. 하하하. 그럼 다른 현지인들은 어떨까.

1. 네덜란드 여성: 걔 너를 이용하려고 그러는 거야. 그렇게 빠르게
   집에 부르는 사람은 뻔해. 너 역시 가벼운 만남을 하려는 거면
   상관없지만, 그게 아니라면 절대 가까이하면 안 돼! 나랑 내 친
   구들도 밖에서 여러 번 만나 보는 걸 원칙으로 해. 그래야 나를
   진지하게 여기는 사람인지 알 수 있거든.

2. 네덜란드 남성: 내가 보기엔 이 사람이 다른 속셈이 있는 것 같아. 너무 집에 오기만을 바라고 있어. 말투도 Playboy 같아. 앞으로도 이런 일이 있을 때 헷갈리면 확실히 거절을 해 봐. 그리고 그의 반응을 보면 너를 진심으로 생각하는지 알 수 있을 거야.

그렇구나.
어쨌거나 결론. 자기 상대가 아니라고 생각되었는지 이 친구는 저절로 사라져 주었다.

너랑 목적이 똑같은 사람을 만나길 바랄게. 안녕!

갑자기 국뽕

2022. 7. 11.

언제나 음산함이 흐르는 암스테르담 중앙역. 하여튼 어둠의 소굴 같은 여기에만 오면 눈깔이 양옆에 달린 황소마냥 또르르 또르르 굴러가면서 긴장 태세가 되는데, 우리나라 지하철역에도 취객이 있고 껄렁거리는 일진 같은 사람들, 별사람들 다 있지만 여기에 비하면 양반이다. 같은 한국인이라 이질감이 덜해서 그렇게 느껴지는 수도 있지만.

그리고 길거리 흡연에 대해 말하자면 우리나라는 누가 담배 피우며 걸어가면 '길빵충'이라며 의식수준이 낮다고 욕들 하는데, 금연 구역 지정이니 흡연실 설치니 신고니 과태료니 하는 개념을 논하는 것부터가 여기보다 훨씬 앞서 있다는 것이다. 자유의 나라에는 그런 거 없다. 자유만 있다.

이건 우리 직원에게 들은 건데 여기는 언어 또는 음란한 그림을 통한 성희롱은 처벌할 조항이 없다고 한다. 현지인 친구에게 정확히 물어보고 파악해 보려는데, 아무튼 들은 바로는 그렇다고 한다. 신체 접촉이 있어야지만 법에 저촉된다고. 그러니까 이 부분에 있어서도 우리나라가 더 앞서 있다. 이건 그냥 이번에 사건 일으킨 말썽쟁이 직원이 평소에도 '예쁘다', '뷰티풀' 같은 말들을 일삼아 온 게 생각나서. 사실 예쁘다는 말만 놓고 보면 칭찬이기에 한국에서도 그게 왜 성희롱이냐 단순 의문 제기에서부터 시작해 성별 다툼으로 번지기도 하는데, 다 우리 사회가 건강하게 되고자 하는 성장통으로 보인다. 내 눈에는.

계속 이렇게 잘 사는 나라였으면 좋겠다. 설령 국운이 기울어도 별로 걱정은 안 된다. IMF 때나, 태안 유조선 사건 때나 극복하고 일으켜 세워 온 민족이기에.

부정에서 긍정을 발견하는 힘

2022. 7. 13.

없으면 어떻게든 만들어 낸다

인간은 결핍된 상황에서 오히려 능력을 발휘한다. 한인 마트나 한 식당이 전무했던 이전 근무지에서 요리를 제일 열심히 했었고 제일 잘했었다. "어딜 가셔도 살아남으시겠어요."라는 말까지 들었던 인절 미는 내가 생각해도 어깨가 으쓱 올라가는 역작이었다. 찹쌀가루도 없어서 찹쌀을 물에 불리고 그걸 믹서에 갈고 또 그걸 밥솥에 넣고 취 사 누르고…, 헉헉. 그렇게 하면 떡 반죽이 되어 나오는 걸 어떻게 알 았는지 스스로도 신기하다. 그리고 무가 없으니 멜론으로 깍두기를 했었는데 맛본 사람들은 맛있다고 난리였다. 지금 다시 하라면 못… 아니 안 한다. 마트가 잘되어 있고 포장 음식 다 파는데 왜? 이래서 배 때기가 부르면 나태해진다고 하나 보다. 적당히 고달픈 것도 그런 점 에서 나쁘지 않다.

어떤 사람한테서든 배울 점이 있…다

그—렇게 꿋꿋이 단답과 무표정으로 일관하는데도 그—렇게 꿋꿋 이 말 붙여 보려는 또라이. 이미 다른 직원들하고도 트러블이 한 번씩 있어 왔으면 자기한테 무슨 문제가 있는지 돌아볼 법도 한데 대단하다. 그래도 굴하지 않고 말도 붙이고 자기 커피 사면서 내 것도 샀다며 커피까지 주는 용기라고 해야 할까, 그건 높이 산다.

반팔은 언제쯤 온전히 입을 수 있을까

아니, 입을 수 있긴 한 건가? 대낮이 아니면 아직도 쌀쌀하다. 7월인데! 그래서 그런가 모기가 거의 없는 듯하다. 한 번도 못 봤다. 아마 깊은 숲에 가야 만나려나. 나 말고 더 오래 산 사람도 모기는 못 봤단다. 그건 좋다.

네덜란드 학교와 학생들

2022. 7. 16.

따끈따끈한 소식 듣고 와서 까먹기 전에 기록해 본다. 우선 네덜란드는 중등 과정까지 국가가 전액 보조하며, 대학을 갈지 취업을 할지 여부는 만 12살에 결정한다고 한다. 취업을 하기로 결정했으면 직업 교육 과정에 들어간다고 한다. 실무 중심의 훈련 과정으로 이루어져 있단다. 너무 빠르게 앞날을 정하는 감도 없진 않지만 남의 나라 제도에 이러쿵저러쿵할 권한은 없으니 패스.

라떼 시절 공부는 안 하고 수업 시간 내내 거울에 빠져 화장이나 하며 살던 '날라리'라 불리는 애들이 생각난다. 얘네들도 네덜란드에 태어났으면 문제아 취급 받았을까 싶다. 요즘은 뷰티 분야도 엄연한 직업군인데, 어릴 때부터 개성을 가꾸고 예뻐 보이는 걸 추구하는 게 나쁠 이유가 없다. 오히려 예뻐지고자 하는 인간의 본능을 억누르는 교칙이 이상한 게 아닐까.

아무튼 계속. 네덜란드는 대학 입학은 쉬운 대신 졸업률은 50%밖에 안 된다고 한다. 우리랑 거꾸로다. 이런 곳에서 딴 졸업장이 진짜 배기라는 얘기? 그런데 대학에 서열은 없다. 자식 키우는 직원들이 현지인들한테 어느 대학이 제일 좋으냐고 물으면 "우리는 그런 거 없어요."라는 대답이 돌아온다고 한다. 현지인 친구 L이 나더러 어느 대학 나왔냐고 물었을 때 속으로 '헉! 한국에서 금기시되는 질문인데 얘가 이걸 모르네!' 했는데, 자기들은 서열이 없으니까 민감한 질문인지 모르고 순수하게 물어본 거였다.

궁금해져서 현지인과 나눈 대화 첨부

네덜란드 사람들의 현란한 영어 실력은 항상 동경의 대상인데, 영어로 하는 수업이 일찍이 이루어지고 또 그전에 교사들부터가 원어민에 가까운 실력을 갖추었으니 가능한 일이다. 사교육은 아예 없진 않다는데 잘 모르겠다. 아마 거의 없다고 봐도 될 듯? 공교육만으로 세상살이에 어려움이 없게끔 가르치는 것 같다. 돌이켜 보면 근의 공식이나 GDP 지표 같은 것을 외울 게 아니라 은행 업무 보는 법, 부동산 흐름 읽는 법 등을 배웠어야 하는 게 아닌가 싶다. 어른이 되어 보니까 왜 이런 걸 안 가르쳐 줬지 싶은 것들이 너무도 많다. '나랏말싸미 듕귁에 달아…'는 또 왜 그렇게 달달 외웠는지. 참 쓸데없는 거 많이도 배웠다. 그래도 우리나라도 요즘은 다양하게 뭐가 생긴 것 같다. 연예인 양성 고등학교도 있는 것 같고. 라떼 시절에는 상고, 공고, 외고, 과학고 정도가 다였던 거 같은데 점점 좋아지고 있나 보다.

그러고 보니까 연예인 '오빠들' 보겠다고 땡땡이치던 애들도 있었다. 얘네들은 또 뭐가 문제야. 감정이 메말라서 아무도 좋아할 줄 모르는 것보다 백배 낫다. 만약 내 제자가 오빠들 보러 간다고 하면 스토커 짓만 빼고 맘껏 해 보라고 할 것 같다. 스토커 짓은 네가 좋아하는 오빠들한테 피해를 주는 행위니까. 땡땡이? 쳐 봐. 직장인 되면 못 친다.

땡땡이야 자기 손해지만 남한테 피해를 주는 학교폭력은 얘기가 좀 다르다. 일진(School bully) 문제는 어디나 공통인가 보다. 삥 뜯거나 빵 셔틀 시키는 애들 여기에도 있단다. 피해 학생이 선생님에게 알리고 문제가 심각할 경우 가해 학생의 부모님을 호출한다고 한다. 말 안 듣는 애들은 매를 맞아야 하는데, 네덜란드에서 학교 체벌은 옛날 옛적에 금지되었다고 한다.

아무튼 내가 파악한 내용은 여기까지. 무조건 다 좋다는 건 아니지만 네덜란드식 교육이 부러운 점은 분명히 있다.

또 새로운 발견

2022. 7. 17.

케플러라는 걸 그룹 들어본 사람 손? 신인 그룹인 모양인데 요즘 〈와다다〉라는 노래 너무 신나게 잘 듣고 있다. 누군지도 몰랐으나 케이팝 행사 덕분에 반강제적으로 들으면서 알게 됐다. 네덜란드 어린 학생들이 어찌나 춤을 잘 따라 추던지. 라떼보다 더 라떼 어르신 세대들은 연예인들을 '딴따라'라고 했는데 그 딴따라들이 지금 케이팝 외교관이 되어 세계 곳곳에 한국을 알리고 있다. 자랑스러운 일이다. (K—꼰대들은 진짜 반성해라!)

ISTJ 인간이라 그런가 노래도 듣던 것만 계속 듣는 경향이 있는데 이래서 사람은 새로운 시도를 계속 해 봐야 한다. 출장길을 함께한 H 직원에게도 이 노래 좋더라고 알려 주고 같이 들었다. H 직원도 "어, 괜찮네요." 하며 어깨를 살짝 들썩들썩.

그런데 나란 인간, 또 이것만 줄곧 듣다가 새로 나오는 노래 안 들을 것 같다. 솔직히 요즘 아이돌들 너무 많아서 다 알기 어렵긴 하다. 이젠 나도 올드 세대야…. 아이고 아이고.

해가 뜨는 시간

2022. 7. 19.

코카인 딜러들이 기어 나와 활동하는 시간이 지나고 홍등가 불이 꺼지면 또 회개의 교회 종소리가 들려오며 아침이 시작된다.

아침은 희망이기도 하지만 피곤함과 권태요,
밤은 암흑이면서도 꿈이고 철학이고 사색이고 재충전이다.

시간의 흐름은 아날로그인데 날짜 변경은 디지털이다. 지구는 돌고 돌고 나는 또 손가락을 꼽는다. 아직 일 년 넘게 남았네….

인수인계서 쓰는 거 잠시 미루고 감상에 젖어 본다.
8월부터 새 업무 맡게 되면 번뇌 끝이려나. 새로운 번뇌가 또 덮쳐 올까.
그래도 내일은 해가 뜬다, 내일은 해가 뜬다.

악마는 프라다를 입는다는데

2022. 7. 21.

짠돌이 짠순이 네덜란드 사람들

검소하기로 유명한 네덜란드 사람들. 얼마나 검소하면 '더치페이'라는 조롱의 말도 생겼을까. 호숫가에 요트 띄우는 사람들 있는 거 보면 부자가 분명히 있다는 건데…, 티가 안 나, 티가!

명품을 가졌느냐를 성공의 척도로 보는 우리나라와는 사뭇 다르다. 옷도 수수하게 입고 멋 부릴 줄도 모르고 실용적으로 살고자 하는 사람들이다.

명품알못

애초에 명품이라는 게 뭔지도 사실은 잘 모르겠다. 프라다니 샤넬이니 하는 거 들어는 봤지만, 비싸면 명품인가? 질이 좋은 게 명품인가? 아니면 이름만 유명하면? 모르겠다, 정말. 나 이래서 한국 가면 성공한 사람으로 보일 수 있을까.

#네덜란드 사람처럼 살아 보기

자원을 아끼며 살아 보고 싶어서 몇 가지를 실천해 보았었다.

1. 양치할 때 컵 쓰기
2. 난방 틀기 전에 겨울옷부터 입어 보기

결과는? 한 달 만에 때려 쳤다. 자고로 양치는 '와르르르 푸합 에퉤 퉤!' 해야 시원한 법. 그리고 실내에서 겨울옷 입자니 행동이 둔해서 못 할 짓이었다. 추워 죽겠는데 난방 그냥 틀어. 반신욕도 막 해. 물 막 틀어. 살던 대로 살자. 네덜란드인처럼 살기 힘들다. 휴—

#오밤중에 물 쇼

거기에 더 어리석은 짓을 저질렀으니, 드라이해야 하는 옷을 세탁기에 넣고 말았다. 아니 무슨 아동복이 되어 나왔길래 왜 이런가 했더니 울 소재로 된 옷이었고 태그에 쓰인 설명을 잘 보지 않은 내 불찰이었다. 다시 늘려 보겠다고 린스 푼 물에 담갔다가 꺼내서 힘줘 잡아당기고 그러느라 바닥에 물이 뚝뚝 떨어지고, 아주 오밤중에 별짓을 다 했다. 그러나 이미 섬유는 망가졌고, 똑같은 옷을 다시 사야 했다. (잠깐만, 눈에서 피 나오는 것 같아….)

누구더라, 루머인지 진짜인지 모르겠는데 세계적으로 유명한 축구 선수가 한 번 입은 팬티는 버린다는 얘길 들었었는데. 그 얘기 듣고 '와 월드 리치는 급이 다르구나, 부럽다. 나도 한 번 입고 버리는 사람 되고 싶다.' 했었는데. 이렇게 꿈을 이루고(?) 말았다. 명품 옷이 아니라 그나마 다행이다.

#내가, 그리고 사람들이 진짜로 원하는 건

어쩌면 프라다가 아니라 프라다 따위 코웃음 칠 수 있는 자신감, 옷 하나쯤 버리더라도 꿈쩍 안 할 수 있는 여유, 실용성을 추구하고자 하는 주관이 아닐까. 네덜란드 부자들이 그렇듯이.

운명론이라고 해야 하나

2022. 7. 22.

글쎄, 난 기본적으로 사람 죽고 사는 건 팔자라고 생각하는 편이다. 유명한 산이나 바다에 그렇게 많은 사람들이 놀러 가는데도 꼭 혼자만 조난당하는 사람 있는 거 보면. 얼마나 조심했는지는 상관없이 운명의 큰 틀이라는 게 있다고 생각한다.

어떤 사람은 쇠뿔에 받힐까 봐 집에서 귀만 팠는데도 죽었는데 알고 보니 그 귀이개가 쇠뿔로 만든 거였더라—이런 얘기도 있고. 또 어떤 사람은 스스로 죽으려고 그렇게 노력을 하는데도 중상만 입고 그친다거나 하는 걸 봐서는 아마 팔자라는 게 있을 거다. 막살아선 안 되겠지만 막살아도 '될놈될'이다. 그냥 어떻게든 흘러가려니 하는 마음으로 사는 거 나쁘지 않다.

그러다 문득 궁금해졌다. 역마라는 게 진짜 있을까. 김동리의 〈역마〉라는 소설, 어릴 때 엄청 슬프게 읽었었는데 지금 생각하면 '끽해 봐야 한국 내에서 떠도는 걸로 유난이야!' 싶다. 물론 소설의 시대적 배경을 감안해야 하지만.

그리고 보니까 역마의 배경도 하동이다.
나, 언젠가 하동에서 살 수 있을까?

흑과 백, 그리고 황

2022. 7. 24.

#싸움 구경

세상에서 제일 재미난 구경이 싸움 구경이라는데, 기차 타고 오면서 재미있는 거 봤다. 차림새부터가 못 배운 듯한 느낌을 풍기는 흑인 하나가 음악을 크게 틀고 타니까 백인(키가 팔척장신인 것으로 봐서 오리지널 네덜란드인으로 보이는) 할저씨가 "왜 그걸 여기서 크게 트는 거야? 왜 이어폰 안 끼는 거야?"라고 하고, 흑인은 뭐라 뭐라 대꾸하더니 급기야는 가운데 손가락까지 치켜올리고(아마도 서양권에서 제일 심한 욕이라지…) 아주 난리였다.

저러다 주먹질까지 할까 싶어 다른 칸으로 옮길까 하다가 그냥 있었는데, 다행히도 흑인이 "이제 됐냐? 이제 됐어?" 하면서 음악을 끄고 백인 할저씨는 "그래. 고오맙다!" 하는 것으로 마무리되었다. 휴.

#글로 남기기 조심스럽지만

네덜란드도 미국 못지않게 이민족이 많은 나라라 골칫거리가 많지 않을까 추측만 해 본다. 2년만 있다 떠나 버릴 떠돌이인 나로서는 속속들이 알 수는 없지만. 어쩌면 나부터가 '인종' 프레임을 쓰고 봐서 그런 것일 수도 있고, 그래서 섣부른 일반화가 될까 봐 더욱 조심스럽지만, 매우 민감한 언급이 될까 두렵지만…, 에라 모르겠다. 그냥 솔직히 말하련다.

밤만 되면 기어 나오는 껄렁거리는 애들 이상하게도 거의 다 흑인이고, 아시아인 폭행해서 사법 처리되는 가해자들도 거의 대다수가 아프리카계 이민자들이다. 백인들이 흰 피부에 자부심 느껴서 인종차별 할 것 같은데 어째 그렇지가 않다. 반대다. 지난번에는 청소년 즈음으로 보이는 어떤 흑인 애가 무슨 사고를 쳤는지 경찰한테 둘러싸여서 뭔가를 항변하는 것도 봤고. 기차에서 구경한 싸움만 봐도 그렇다. 편견 가지면 절대 안 되는데 편견을 안 가지기가 힘들다. 왜 그럴까, 모르겠다. 여기도 복잡하다. 어쩌면 그들이 오랜 세월 당해 온 차별로 인한 울분 때문에 삐딱해지는 걸까? 어떻게 해야 조화롭고 평화로이 공존할 수 있을까? 나 역시 누런 피부를 가진 한 사람으로서 생각이 많아진다.

#하얀 피부

아무튼 오늘도 친구들과 즐거운 대화를 했는데, 백인들은 원래 하얀데 무슨 화장을 어떻게 하는지 궁금하다. 한국인은 하얘지고 싶어서 미백크림도 쓰고 파운데이션도 한 톤 높게 바르고 이러는데. 그것이 알고 싶다! 현지인 여자애들한테 물어봐야지. 그 전에 '백인'이라든가 '흰 피부'라는 단어가 이상하게 들리지 않게 질문을 미리 정리해야겠다.

그나저나 또 국뽕. 많은 외국인들이 K—화장품이 최고라고 칭찬한다. 뭐든지 한국이 최고다. 후훗.

또 비바람

2022. 7. 26.

어떻게 하면 더 헌신하고 봉사할지가 아니라

어떻게 더 열심히 해서 성과 점수를 받을지가 아니라

그저 따끈한 흰밥에 겉절이 올려 먹고 싶은 생각이 불쑥 들 때

그런데 그런 생각이 한 몇 분 지나면 사라질 때

그러다가 또 오늘 저녁 뭐 먹지 고민할 때

자연스러운 것임에도 불구하고

아, 식욕은 가장 원초적 생존 욕구인데 나도 고차원적 인간은 못 되는구나 하면서 또 자기검열에 한없이 빠져들며

내가 추구해야 할 게 뭔지에 대해 한참 멍 때리다가

질문 같지도 않은 질문을 하는 고객님한테 짜증이 나고

그러다가 해우소에서 '해우'를 하고 나니 조금 괜찮아진다.

유럽이 덥다고 덥다고 뉴스에서 난리더니만, 여기도 이틀 정도 덥다가 또 비바람 시작이다. 사무실에서 히터 트는 거 실화냐.

여름휴가 갈 때가 되었나 보다. 머리 비움이 필요하다.

정지선 단상

2022. 7. 27.

정지선의 기적

맨날 길 건널 때마다 '이야~ 정지선의 기적이야 정말' 하고 감탄하는데 오늘 처.음.으로 정지선 살짝 넘은 차 봤다. 진짜 처음! 횡단보도까지는 안 왔지만. 나는 이게 또 신기해서 '아마 브레이크 늦게 밟았나 보다' 하고 속으로 웃었다. 근데 이 나라 교통이 이렇게 질서 있는 건 법이 그만큼 엄격해서라는데. 뭐 얼마나 엄격한진 모르겠으나, 역시 성악설이 맞는 건가…, 긁적긁적.

점점 성악설로 기운다

몇 년 전부터 성악설 신봉자가 되고 있다. 예전엔 유영철도 조두순도 처음엔 착했을 거라고 생각했는데, 아닌 것 같다. 이놈의 세상. 하하…. 물론 나 또한 교육이 없었더라면 어떻게 자랐을지 모르지.

그나저나

SNS를 하다 보니까 퍼거슨이 왜 인생의 낭비랬는지 알 것 같은 부분도 한편으로 있긴 한데, 닮고 싶은 사람 발견하게 되는 건 좋다. 매주 등산으로 건강하게 살고 등산 후에는 파전과 막걸리도 즐길 줄 알며 인맥 관리도 잘하는 어떤 사람. 물론 이 사람도 SNS에 공개하지 않는 어두운 구석이 하나 정도는 있겠지만. 배워야 된다고 생각한다.

근데 세상에는 꼭 이상한 거 배우려는 놈들 있음. 모방범죄 같은 거나 하고 말야. 나쁜 사람 우상으로 삼으면서 따라 하려는 애들. 그러니까 성악설이 맞다. 맞을 거야. 흠흠.

점심시간에 먹으라는 밥은 안 먹고 또 생각에 잠겼다. 으슬으슬하다. 히터나 틀자.

어느 정도로 꾸며야 할까

2022. 7. 28.

조사 결과 공개

지난번에 궁금했던 '백인들은 어떻게 화장하는가'를 좀 파악했는데, 결과는 상상 초월이었다. 대부분의 네덜란드 여자들은 어두운 피부를 갈망한단다. 엥?

"우린 아니야. 한국 사람들은 하얘지고 싶어 하고 전통적으로도 하얀 피부는 미인을 결정하는 조건이었어."라고 하자, "진짜? 그럼 너도 하얘지는 화장품 써?"라는 반응이 있는가 하면 한국을 좀 아는 사람은 "어, 나도 어느 정도 알아. 한국 연예인들 TV 나올 때 하얗게 보정하더라."라는 반응도 있었다.

자기들은 어두운 피부 되고 싶어서 피부 상하는 걸 감수하고도 태닝을 한다고 했다. 그리고 한국 화장품을 좋아하는 이유로는 피부를 어둡게 만들어 주는 섀딩 제품이 다양해서라고….

사람은 자기가 가지지 못한 걸 부러워하나 보다.

네덜란드 여자들은 화장은 그렇게 많이 하지 않고 맨얼굴에 눈썹 그리기랑 마스카라 정도만 한다고 한다. 하긴, 사람이 눈썹 없으면 이상하지. 보톡스 같은 시술에 대한 생각으로는 "그건 Fake하게 보이는 거잖아."라고 했다. 진짜 자기 모습이 아니라는 얘기다. 우리보다 외모 지상주의가 덜한 나라 사람들은 이렇게 생각하는구나 느꼈다.

외모 지상주의

여태까지 출장 포함해 스무 개 국가를 다녀 봤지만 한국처럼 성형외과 광고가 널린 나라는 못 봤는데, 코로나 덕분에(?) 마스크 쓰면서 요즘은 한국에서도 화장을 많이들 안 하는 추세라니 이 기회에 외모 지상주의가 나아지면 좋겠다.

본능과 귀찮음 사이에서

그래도 사람인지라 예뻐 보이고 싶은 마음은 있다. 아니, 이건 모든 동물이 공통일 거다. 하다못해 새들도 암컷한테 구애할 때 털 관리 말끔하게 해서 화려하게 보이려 애를 쓰는데 사람이라고 안 그럴까. 그런데 생각해 보면 집에 오면 지워 버릴 분칠을 매일 한다는 건 참 쓸모없는 짓이기도 하고.

여기는 어차피 남이 어떻게 생겼든 뭐라 안 하는 나라이기 때문에 나도 환자처럼 보이지만 않을 정도로 맨얼굴에 입술 색만 바르고 다니는데, '경쟁하기 좋아하는 나라' 한국에 돌아가면 그렇게 못 할 거다. 아마 '꾸미기 경쟁' 대열에 들어가서 힘 좀 쓰겠지. 요즘은 남자들도 화장한다는데, 치열하다 치열해. 한국 사람들 정말 너무 힘들게 산다.

어느 정도로 꾸며야 할까, 고민이다. 너무 수수하게 보이기는 싫고, 너무 꾸미자니 쓸데없는 시간과 돈과 에너지가 낭비되니. 적정선을 찾아보자. 별게 다 고민인 거 아는데 외모 지상주의하에서는 어쩔 수가 없다.

살아남기

　갈치가 북해에 살지 않듯이, 또 어떤 애들은 1급수에 살고 붕어 같은 애들은 3급수에 살듯이 각자 제 자리가 있고 제 갈 길이 있는 거지. 3급수에 산다고 손가락질 받아야 하냐면 그건 또 아니다. 붕어나 미꾸라지가 사람에게 얼마나 유익한 식량이 되어 주는지 1급수 애들은 모를 거다. 그냥 각자 살아남기 위해서 주어진 환경에 순응해 간다. 물이 흐르고 흐르다 보면 한데 뒤섞이기도 하고 뭐 그런 게 아닐까.

　심리상담 시작한 지 기간으로 따지면 오래된 것 같은데 횟수로는 아직 13주 차다. 정신적인 부분을 치유하는 거라 금방 끝나는 게 아니다. 오늘 들은 말 중에 기억 남는 말 "세상에 늦은 건 없다." 되새겨야겠다.

　8월이다. 쌀쌀한 8월이라니 우습지만.

먹을거리 이야기

느닷없이 장어 요리에 빠져서 장어만 삼 일째 먹고 있다. 미끄덩거리는 식감을 싫어해서 낙지라든가 장어를 안 먹는 편이었는데도 외국 사니까 미끄덩한 맛조차 그립다. 헤이그에 장어 파는 일식당이 있어서 다행이다. 모든 음식을 다 좋아하는 건 아니라도 나 정도면 까다롭지 않은 사람이다. 그리고 평생 한국에서만 살 게 아니라면 이것저것 가리지 않는 건 꽤 중요하다. 그러니까 나는 참 해외 생활에 적합한 입맛을 가졌다.

그동안 별별 음식을 다 먹어 봤다고 자부하는데 특히 중국 출장 때가 '레전드'였다. 정말 비행기랑 책상 빼고 다 먹더라. 그런 나라 처음 봤다. 거북이, 비둘기, 애벌레를 중국 아니면 어디에서 먹을까.

프랑스에서 먹었던 푸아그라는 그 세계적 명성에 걸맞지 않게 그야말로 '간 맛(순대 간 먹을 때 딱 그 맛)'이라서 당황스러웠고, 그거 빼고 달팽이랑 크레페는 만족스러웠다. 바게트 맛은 원조국의 위엄을 보여 줄 정도였다. 한국의 어떤 베이킹 명장도 그 맛은 못 따라 할 거다.

투르크메니스탄 음식은 기름 둥둥 뜬 수프랑 양고기 위주라서 '이렇게 먹다간 몸 퍼지는 거 금방이겠다' 했는데, 실제로도 투르크멘의 많은 사람들은 살이 어마어마하다. 팔뚝 살이 무슨 날개처럼 펄럭거린다. 팔 휘젓다가 하늘로 날아갈 것 같다. 나도 이때 살이 좀 쪘었으나 러닝 머신을 매일 30분씩 해 준 덕인지 다행스럽게도 마구 퍼지진 않았다.

그리고 네덜란드 음식은 정말 더럽게 맛이 없다. 대표적인 음식이 감자튀김이라니 어이가 없을 지경. 실용적인 사람들이라서 음식도 맛보다는 생존 목적으로만 먹는다나. 그래서 그런지 이 나라에서 뚱뚱한 사람을 찾아보기가 힘들다. 뭘 먹고 키 큰지는 이해하기 어렵지만.

참, 감자튀김 말이 나왔으니, 이 사람들 웃긴 게, 꼴에 자존심이 있어서 프렌치프라이라고 부르면 싫어한다. 더치프라이라고 불러야 한다. 굵기가 다르다는데 솔직히 그거나 그거나.

이 다양한 음식 중 요리하는 입장에서 제일 만들기 어려운 음식은 한식이라고 단언하겠다. 온갖 양념이 들어가고 발효시키느라 시간도 걸리고 펄펄 끓이느라 땀 빼야 하는 음식이 참 많다. 감자튀김을 자랑스럽게 말하는 네덜란드 사람들, 김장하는 과정을 알면 아마 놀라 자빠질 거다. 요리 과정이 너무 복잡해서 그런지 한식이 세계화되기 어려운 건 조금 안타깝다. 그렇다고 퓨전 음식 이런 건 결사반대다. 이도 저도 아닌 음식은 한식이 아니다!

어쨌거나 많진 않아도 한식당이 몇 군데라도 있어 주니 요리하기 귀찮을 때 한 줄기 빛이 되는 고마운 존재다. 온라인 배송 서비스도 이용할 수 있으니 아주 좋은 곳에 살고 있다. 대량 주문한 음식이 내일이면 배송될까, 두근두근 기다린다.

먹을거리 이야기 2

2022. 8. 3.

사람이 궁해지면 얼마나 추잡해지는지 몸소 체험했었는데 그건 바로 투르크메니스탄에서였다. 귀하디귀한 캔 김치에 곰팡이가 생겼는데 나는 '아니야 이건 민들레 홀씨일 거야'라고 애써 현실을 부정하며, '하나만 더 먹고 버리자, 또 하나만 더 먹고 버리자'를 반복하고 있었다. 소량이라도 곰팡이를 먹기는 먹었으니 탈이 날까 하고 밤새 지켜봤는데 너무도 멀쩡하기에 김치를 버린 것에 분통을 터뜨리며 오열했다는 이야기. 이럴 줄 알았으면 더 먹을걸!!

그래도 이런 와중에 같은 처지 직원들끼리 음식을 나누며 오병이어의 지혜를 깨우치기도 했다. 값진 시간이다. 누가 들으면 뭐 하는 회사길래 직원이 거지꼴이냐고 하겠지만, 밖에서 보는 것과는 다른 현실이 분명히 있다. 또 어디 오지에서 근무하던 직원들은 계란프라이 하나 가지고 싸웠다는 이야기도 들었다. 아마 그 사람들 지금은 언제 그랬냐는 듯 고급 레스토랑에서 점잖은 차림새로 칼질하고 있을지 모른다.

아무튼, 옛날 어른들이 밥 남기면 지옥 가서 주워 먹어야 한다고 한 것도 이해가 간다. 그때는 궁핍했으니까 버리는 게 용납이 안 됐을 거다. 근데 이 얘기 네덜란드 현지인 친구한테 했을 때 그 친구 반응, "Go to hell이라니 너무하네. 우리는 배부르면 그냥 남기라고 하는데."

굶어 보지 않은 민족은 모르겠지.

고추장, 된장이 다 떨어지는 일도 겪었지만 그래도 어찌어찌 살아 남았다. 아무거나 가리지 않는 입맛 덕분이다. 떠돌며 살다 보면 또 어떤 괴식을 마주하게 될지 모른다. 비위가 좋다는 건 확실히 큰 강점 이다.

알 수 없는 부분들

2022. 8. 4.

강남 한복판에서 웃통 벗은 남자와 비키니 입은 여자, 경찰조사 받는다는 인터넷 기사 접하고 흥미로워졌다. 네덜란드에서는 웃통 벗고 활보하는 사람 많이 봐서 그런가 나도 그새 둔해졌는지 경범죄라는 사실을 깜빡한 모양이다. 바로 현지인 친구들에게 "한국에 이런 재미있는 기사 떴어. 여기선 많이들 웃통 벗고 다니던데." 하니까, 흔하기도 하고 그 정도 벗는 건 위법까지도 아니지만 여기서도 흉하게 보이는 건 맞다고 한다. 그런 사람들은 Tacky한 사람들이라기에 처음 보는 단어라 사전 찾아보니 '싸구려', '조잡한'이라고 되어 있다. 점잖은 사람들은 안 그런다고 한다. 큭큭.

근데 이게 또 장소마다 달라서 길거리 한복판에서는 흉한 거고 들판이나 공원에서는 괜찮은 거라는데…, 이거 명확하게 경계 지을 수 있는 분? 길거리 바로 옆이 공원이라면? 아니면 자기들만 느끼는 된다, 안 된다의 기준이 있는 걸까? 그냥 법이 있는 게 쉬운 것 같다만.

그래도 워낙 우중충한 나라라 그런지 어쩌다 해 뜨면 웃통 벗고 우르르 나와서 온몸으로 볕을 느끼려는 걸 이해하는 것 같기도 하고. 적어도 대놓고 손가락질하진 않는다. 이건 홍콩 친구도 말한 부분. "홍콩은 그러면 욕먹는데 네덜란드는 벗고 다녀도 욕 안 하더라고요."

　여기서 미니스커트 입은 할아버지도 보고(분명히 할아버지였다!) 맨발로 아스팔트 길을 걷는 여자도 봤는데, 나야 외국인이니 자유의 나라라 그런가 하지만 현지인들 눈에 어느 정도부터가 이상하게 보일지는 알 수 없는 부분이다. 우리나라랑 다르게 오지랖을 입 밖으로 내질 않으니 더욱 그렇다. 그래도 사람 보는 눈은 다 같으려나? 궁금해진다. 하여튼, 재미있는 광경들 많이 봐 두자.

세상의 몇 %나 알고 있나요

2022. 8. 6.

언론 자료 작성이나 기자 응대 일을 해 봤어서 뉴스라는 놈이 어떤 속성을 가지고 있는지 잘 안다. 네덜란드가 폭염과 가뭄으로 고통받는다는 기사가 떴던데 대체 어디가? 저녁 먹고 산책할까 하다가 추워서 포기했구먼. 어제도 반팔 입었다가 바들바들 떨고 반신욕 하고.

그제였나, C 선배랑 또 장어덮밥 먹다가 홍등가 여자들 중에 일부는 인신매매된 케이스라더라 하는 것도 알게 되고. 그럼 그렇지, 돈에 미치지 않고서야 누가 그런 일을 자발적으로 하겠나 하는 생각을 했다. 깊이 들어가 보면 마약이나 갱단(?)이랑도 연결고리가 있다고 하는데 눈 감는다고 사라지는 현실은 아니지만 굳이 찾아서 알고 싶지는 않다.

숨겨진 어둠들을 뉴스로 만들자면 얼마든지 자극적으로 만들 수 있다. 그리고 흉흉한 뉴스들 보면 세상은 악의 구렁텅이 같지만 막상 다들 잘 살아가고 있지 않은가. 각자의 안경을 끼고 각자 자리에서 보는 현실이 제일 현실이다. 이쪽 면만 보고 어머머, 저쪽 면만 보고 우르르할 필요는 없는 것 같다.

걸스 나잇, 걸스 토크

2022. 8. 8.

구정물 체험기

요즘 어쩌다 보니 친구의 친구를 만나고 하면서 인간관계가 확장되고 있다. 내향인이라 말하기보다는 거의 듣는 경우가 많지만. 여자들끼리 모여서 놀면서 소개팅 앱 써 보라는 말을 두 명한테나 들었다. 근데 이 사람들도 써 본 사람은 아니라는 거 함정. ISTJ 인간이지만 의외로 궁금한 건 해 보는 면이 있어서 구경이나 할 심산으로 깔아나 보았다. 인식 안 좋기로 유명한 모 애플. 역시 내 수칙대로 개인정보 털릴까 사진 안 올리고 가입했는데도 가입하자마자 하트가 100개 넘게 들어오는 현실. 아, 이 사람들은 그냥 여자면 되는 거구나.

"넌 내 얼굴도 모르면서 하트 왜 눌렀어?"라고 물어보면서 다양한 대답을 들었는데, 어떤 사람은 당당하게 자기는 Booty call 목적으로 이 앱을 쓴다고 밝혔다. (Booty call이 뭐냐면 '나랑 오늘 잘 사람?' 하는 걸 말하는 영어 단어다.) 그 외에도 별별 사람들이 많더라는. 애플 쓰는 여자니까 역시 같은 목적이라 생각하는 건지 합법적 성희롱(?)이 쉽게 일어나기도 하고. 본연의 목적에 맞게 쓰려는 사람은 딱 두 명 있었다.

상식적으로 방구석에서 손가락만으로 사람을 만나는 게 말이 안 되기는 하다. '만나는 수단이 뭐 중요하냐, 시대의 흐름일 뿐이다.'라는 의견도 있고, '사회생활 멀쩡히 하는 사람이 왜 애플로 만나겠냐.'라는 의견도 있는데 둘 다 맞지만 솔직히 나는 후자에 조금 더 공감한다. 나도 할 짓 없어서 깔아 본 거 맞으니까.

그리고 남의 사진들 넘기다 보면 '나 지금 뭐 하고 있지' 하면서 정신이 피폐해진다. 펜팔 애플도 안 들어간 지 오래됐는데 정상적인 사람 몇 명 건졌으면 빨리 빠져나오는 게 답이다. 더럽게 심심할 때만 쓰는 건 괜찮은데, 역설적이게도 더럽게 심심할수록 아무나 만나지 않게 조심해야 한다.

걸스 토크

외국인 여자애들이랑 어느 나라 남자가 제일 괜찮으냐를 주제로 이야기했다. 다들 자국 남자가 제일 별로라고 난리다. 근데 그건 그냥 멀리서 보는 게 괜찮아 보여서가 아닐까. "한국 남자가 멋있지? K—드라마에 나오는 남자들 멋있던데." 하길래 나도 "그거 다 판타지고 가짜야."라고 하기는 했지만.

#약 3일간의 사회 실험(?)을 끝내고

여튼 더 정신이 피폐해지기 전에 소개팅 앱은 삭제해 버렸다. 3일 동안 어떤 사람들이 모이는지 연구한 것으로 충분하다. 앱으로 만나서 결혼까지 하더라? 그러니까 너도 앱을 써 봐라? 로또 당첨 뉴스 보고서 로또 명당에 뛰어가라는 것과 비슷하다. 소개팅 앱을 권했던 사람들에게 써 보니 별로더라고 말해 주었다. 그리고 여자애들아, 자국 남자나 외국 남자나 정신 이상한 애들 많은 건 똑같은 것 같아.

#배워야 돼

항상 얘기하지만 누구한테나 배울 점이 있다. 공부에 증진하는 친구, 종교관이 투철한 친구, 비건이라는 소신을 지키며 가방도 종이 가방을 드는 친구 등등. 여자가 봐도 멋있고 매력적이다. 이런 사람들이랑 친하게 지내야 한다. 조만간 암스테르담 술집에서 걸스 나잇을 가지기로 했다. 아직 자신을 탐색 중인 나, 누가 너의 가치관은 뭐냐고 물었을 때 어떻게 대답할 수 있을지 즐거운 걸스 토크를 하면서 또 생각이 확장되길 바라본다.

유익했던 대화는 되새김질하기

2022. 8. 9.

1. 밉니 어쩌니 해도 같은 인종끼리 만나면 동질감에 반가운 법. 장어덮밥까지 팔아 주니 얼마나 고마운 일본인들인가. "일본 문화를 좋아하는 서양인들 보면 약이 오르던데, 일본이 매력을 끄는 비결이 뭘까요." 묻자 박식한 C 선배는 이렇게 대답했다. 그 사람들 자체가 서양에 대해 열려 있고 일찍이 받아들여서 '자국화' 시켰으니 서양인들 시각에서는 이국적이면서도 이질감이 안 들지 않겠냐고. 결국 일찍 문을 여는 게 답이었나. 어쨌든 맞는 말이다. 인정할 건 인정하면서 바로잡아야지, 영문도 모르는 사람들에 대고 "쟤네가 우리한테 나쁜 짓했었어요. 그러니까 좋아하면 안 돼요."라고 하면 어리둥절할 수밖에. 우리도 접근 방식을 바꿔야 할 필요가 있다.

2. 그리고 이번 주 심리상담에서 배운 거. 본성대로 사는 게 낫다. (물론 정답은 없다.) 하긴, 소가 호랑이 따라 하겠다고 고기 먹다가 탈 난다. 소는 소다. 소면 어때서? 우직하지, 일 잘하지, 순하지. 호랑이처럼 빨리 뛰지는 못하지만 호랑이는 호랑이대로 고충이 있을 거다. 나 자신을 잘 알아야 한다. 쓸데없이 호랑이를 부러워하지 않으려면.

"그런데 선생님, 저는 왜 이 나이 먹고 아직도 자아를 탐색하고 있을까요?"라고 하자, 선생님은 자아는 평생 찾는 거라고 하셨다. 그런가. 어쨌든 되새김질해 보자.

울적

C 선배도 떠나고 업무도 바뀌고 방도 바뀌고 적응의 시간이 필요할 듯하다. 기다려 온 순간인데 막상 닥치니 또 스트레스가 솟구치는 거 보면 나는 어쩔 수 없는 안정형 인간인가 보다.

송별회에서 어르신 훈화 말씀, "Good bye라고 안 한다, Good luck 이라고 한다. 우리에게 세상은 좁으니까." 찡~
싱숭생숭한 하루를 보내고 탈린 여행 정보를 검색하다가 딴 길로 샜다. 식당 조명을 설치할 때도 원리가 있다고 한다. 식당 운영할 것도 아닌데 왜 읽고 있나 모르겠지만, 뭐든 간단한 게 없다. 앞으로는 식당 갔을 때 조명의 색깔과 밝기를 유심히 보게 될 것 같다.

다시 정신 차리고 돌아와 탈린 시내에서 발트해까지 가는 교통편 알아내고, 바닷가에 제발 사람 많이 없기를 바라본다. 머리 비우기가 필요하다. 계획 없이 홀쩍 떠나려고 했는데 역시 잘 되지 않는 ISTJ 인간. 피곤하지만 타고난 거라 어쩔 수가 없다. 다음 여행 때는 진짜 꼭 사전조사 없이 가야지. (과연 될 것인가!)

오늘은 그냥 괜히 울적해서 주제 없이 두서없이…, 그냥 이렇게.

복기

2022. 8. 12.

요즘 내 관심사는 인상, 천성, 그리고 어떻게 유익한 사람을 가려내서 가까이 두느냐인데, 며칠을 고민하던 중에 또 신선한 충격을 받은 일이 있었다. 새로 오신 분이 나이가 좀 있으신 분인데, 또라이랑 몇 마디만 해 보고 이상한 사람인지 딱 알더라는 거다. 사실 멀리하라고 미리 말해 줘야 하나 하다가 그런 건 뒷담화가 될 수도 있고 또 이분은 잘 지낼 수도 있는 거니까 말 안 했는데, 일찍이 파악하고는 먼저 절레절레하길래 "네…, 좀 가까이하기엔 그래요…."라고 대답해 버렸다. 근데 마침 C 선배도 떠나는 날 "새로 오신 분, 나이가 있으셔서 그런가 딱 아시더라고요."라고 하길래 또 둘이서 빠앙! 터져서 히히덕거리고 웃었다. 이런 게 인생 내공인가? 짬에서 나오는 바이브? 아무튼 당분간은 이것저것 도와드리면서 관계를 구축하려고 한다. 짧은 대화를 나누었는데 이분 하시는 말씀 속에 내공이 장난 아니신 것 같아서 복기한다. 내가 쓰고 두고두고 내가 읽으려고.

"사람은 살아온 인생이 얼굴에 나타난다. 그게 인상이다. 온화하게 살아온 사람은 온화한 얼굴, 드세게 살아온 사람은 드센 얼굴을 가진다."

그래서 내가 물었다. 온화하고 순둥하게 보이면 안 좋지 않느냐고.

나쁜 사람이 뒤통수치려고 마음먹고 다가오는 경우는 어떡하냐고.
그랬더니 이렇게 대답하셨다.

"그렇다고 드세게 보이면 좋은가. 옆에 아무도 안 갈 거다. 만만하
게 보이기 싫어서 억지로 날을 세우면 그건 본인이 더 괴롭다. 결국
천성대로 사는 거다. 뇌물 받는 사람들은 왜 받느냐, 받아도 아무렇지
않은 천성을 가졌기에 그렇다. 그러지 못한 천성을 가진 사람이 '남들
은 다 잘 받네, 나도 받아 봐?' 해서 받으면 그 사람은 그날부터 잠도
못 자고 말라 죽을 거다. 자기 가치관대로, 천성대로 살다 보면 그게
인상이 되고 인생이 된다."

"아, 난 아무 가치관 없는 거 같은데…."
그러자 이분이 다시 이러셨다.

"아무 가치관 없으면 동경하는 사람을 따라서 살고 같이 어울리다
보면 결국 끼리끼리가 된다. 그러다 보면 그게 내가 된다."

5분밖에 안 걸렸는데 엄청난 대화를 한 것 같다. 한 10년 넘게 더 살
면 맞는 말이었구나 하고 느끼게 될까.

빨리빨리 종특(지금은 탈린 여행 중)

2022. 8. 14.

외국 어딜 다녀도 한국만큼 빠른 나라를 보기 힘들다. 여러 번의 경험을 토대로 한 말이므로 '외국'이라고 싸잡아도 될 것 같다. 여유롭게 브런치를 즐기려 했건만 도통 나오질 않길래 내 주문을 까먹었나 하고 불안해할 때쯤, 훨씬 먼저 온 사람들이 음식 받는 걸 보고나서야 안심하는 이 한국인. 한국 사람끼리 식당 가서 밥 먹을 때 우리끼리는 '한국에서 이렇게 느릿느릿 장사하다간 망한다'고 농담으로들 얘기하는데, 어쩌면 우리가 비정상이고 외국이 정상일 수도 있다. 영화 끝나고 자막 나올 때 안 보고 나가는 것도, 커피 자판기에 손 넣고 기다리는 것도, 엘리베이터 닫힘 버튼 눌러 대는 것도 한국인이라고 하니.

느리게 사는 게 더 쉬울 것 같은데 왜 힘들까. 학교에서부터 빨리빨리 하라고 들어와서인지, 아니면 진짜 유전자라도 있는 건지 종특인지 뭔지….

천천히 살자 좀, 그러면서도 너무 바쁘게 돌아다녀서 아픈 다리를 주물럭거리고 있는 나. 머릿속으로는 또 다음 계획을 열심히 굴리고 있는 나. 어쩔 수 없는 한국인인가 보다.

국기

2022. 8. 16.

네덜란드에 부임할 때 이런저런 정보를 찾으며 '어, 국기가 프랑스랑 비슷하다' 했는데 묘하게도 유럽 국기들은 진짜 비슷비슷하다. 다만 체코 친구가 그런 말 조심해야 한다고 해서 네덜란드 사람들 앞에서는 프랑스 국기 비슷 어쩌고는 말 안 하려고 한다. 더치프라이를 프렌치프라이라고 부르면 기분 나빠 하는 그런 건가 보다. 이탈리아에서는 아메리카노 커피 달라고 하면 혼난다는데 각 국가마다 언급이 금기되는 게 하나씩 있는 것 같다.

이번에 여행한 에스토니아는 국기가 참 예뻤다. 의미까지 파고들면 재미없는 얘기가 되니까 디자인적 면에서만 보면 그렇다는 거다.

에스토니아 국기

태극기는 여러 나라 국기 중에서도 그리기 난이도가 최상급이라고 생각한다. 다른 나라도 학교에서 국기 그리기를 가르치나 모르겠다만, 우리나라 사람이 태극기를 틀리면 학교도 안 다닌 기본 교양도 없는 무지렁이로 취급되고 있다. 그러니까 태극기는 기독교로 치자면 십자가만큼의 무게를 지닌 존재일 것이다. 그런 태극기를 누렇게 될 때까지 방치하거나 구김을 제대로 펴지 않고 게양해서 평생 먹을 욕을 다 먹은 사례도 보았다. 하여간 의전을 챙기다 보면 국기 때문에 별별 일이 다 생기는데 그거 말로 다 못한다. 휴우.

그런데, 어디서 난 건지 사무실 구석에서 발견한 이 '거꾸로 태극기.' 빨강 파랑 뒤집은 사람 누구냐. 만든 사람 나와. 업체 홈페이지 문의 게시판 들어가 보려고 하니 없는 주소라고 뜬다. 대환장!

노잼 네덜란드

2022. 8. 18.

원래도 노잼이었는데 더 노잼이 되어 간다. 살아 보니 결국 특출 난 것도 없고 생소한 것도 없어서인가.

방구석에서 인터넷 검색하다가 우연히 어떤 '카더라' 글을 읽었다. 서양인들은 외향성이 강하다더라, 내향인이 살기 힘든 문화권이라더라. 그러니까 그 밑으로 '맞다, 미드 같은 거 보면 걔네는 맨날 파티하고 놀지 않느냐' 하는 댓글이 주르륵.

그런데 조금만 생각해 보면 이게 얼마나 우스운 일반화인지 모르는 것 같다. 우리나라라고 모든 집이 K─드라마처럼 회장직 승계 문제로 다투지 않고, 모든 시어머니가 악질 시어머니가 아닌데. 왜 드라마나 시트콤만으로, 그것도 '서양'을 싸잡는 건지는 알 수 없는 노릇이다.

그래도 확인차, 현지인들에게 너희는 외향인이 많느냐고 물어보자 외향인도 있고 내향인도 있다고 한다. 우문에 현답이다. 한국 사람들이 서양인을 왜 외향적이라고 생각하는가에 대해 한 사람이 이렇게 설명했다. 한국에 거주하는 서양인들은 한국인과 친해지고자 애를 쓰고 노력하기 때문에 내향인임에도 불구하고 외향인으로 보일 거라고. (오호, 그럼 나도 여기선 외향인으로 보일 수 있겠구나.)

요즘은 가끔 서양 포털에 올라오는 글을 읽는다. 네이트판이나 82cook 같은 우리나라 포털처럼 별별 고민 글 다 올라와서 보는 재미가 있다. 남편 욕, 직장 욕…, 사는 게 똑같다. 익명이지만 나이 많은 사람이 쓴 것으로 추측되는, 지혜가 듬뿍 담긴 댓글들도 보이고. 정말이지 사람 사는 건 어디나 같다. 노잼이다. 자신도 내향인이라며 사람 만나기 전에는 마음의 준비가 필요하다는 현지인 친구와 약속을 잡았다. 펜팔 애플에서 만나 대화를 시작한 지 무려 6개월 만이다. 만나는 장소도 조용한 미술관이라니. 이런 게 내향인이다. 어쩔 수가 없다.

과연 이번 만남은 노잼일 것인가, 유잼일 것인가.

상호 존중

#존중 좀 합시다

예전에 나 보조하던 직원이 "왜 우리나라는 성범죄자 처벌이 약한 걸까요, 판사들이 무책임한 건가요." 묻길래 "어어 그건…, 무책임하다는 건 단편적인 생각이고요…" 하며 왜 성에 안 차는 결정이 나올 수밖에 없는가 나름대로 설명을 해 주었었는데 이해했는지 모르겠다. 여튼 최근 며칠은 자—랑스럽게 뉴스를 장식하기도 하고 거기에 달린 악플들도 보고 좀 많은 일들이 있었다. 계기에, 소개팅 앱 탐색 때 받았던 성희롱적 메시지를 곱씹어 보았다. 상대방 역시 가벼운 사람일 거라고 너무 당연히 넘겨짚는 뇌 구조와 말버릇은 대체 어떻게 생겨 먹은 걸까. 그런 말을 듣고도 좋다고 같이 어울리는 여자애들은 얼마나 자존감이 낮은 건가 싶고.

아니, 아무리 가벼운 상대방이라 해도 그렇다. '양반집 규수나 매춘부나 그 정조의 가치는 같다'는 말을 어느 법학 서적에서였나 본 적이 있다. 그들에게 가르쳐 주고 싶다. "멍청이들아, 점잖은 척이라도 해라. 지금처럼 접근하면 니들이 원하는 건 얻을 수 없어!"라고.

멀쩡한 얼굴을 하고 그들은 우리와 함께 사회생활을 하고 있다. 그리고 뉴스를 장식한 우리 직원도 언젠가 복귀할 것이다. 인류애 상실, 억장 와르르. 이번 주 심리상담 때는 할 얘기가 많을 것 같다. 혐오감 치유가 필요해….

일상

세상은 그래도 아름답겠지. 밖에 나가서 발 마사지도 받고 일본인이 운영하는 가게에서 붕어빵도 사 먹었다. 일본인들은 역시 친절하다. 속은 다르다지만 그게 중요한가. '척'이라도 못 하는 사람들이 세상을 망치는 판국에.

붕어빵 먹으면서 페이스북 뒤적이다가 복싱 수업 여는 곳이 있다길래 뭐에 홀린 듯이 등록해 버렸다. 긴 우울감과 무기력, 극복할 수 있을까.

겨울나기 준비

여름이 끝나 간다. 두려움도 스멀스멀 올라온다. 조립법을 모른다는 핑계로 오랜 기간 방치해 두었던 실내 자전거를 꺼내고 맨손으로 나사를 끼우고 조립하는 데에 성공했다. 산책 같은 걸로 안 되고 땀이 뻘뻘 나도록 운동하라고 말해 준 사람 있어 고맙다. 줌바 댄스 같이 가자고 이끌어 준 사람에게도.

또 뭘 해야 하지. 국밥이 생각나면 곰탕이라도 배송시킬 수 있으니까 비슷하게나마 한국 느낌은 낼 수 있겠다.

약속 없을 때는 일부러 카페에서 커피 시키고 앉아 있기라도 해 보려고 한다. 주마다 한 번 '무조건 외식하는 날'을 정해도 괜찮을 것 같다.

상담 선생님과 혐오감에 대한 이야기를 했는데 이건 답이 없다. 그냥 내가 마음을 여는 수밖에 딱히.

'사람마다 다르므로 일반화는 어리석다.' 내가 했던 말인데 왜 마음은 그렇지가 않은지.

또 뭐 하지. 뭐 하지.

겨울 준비 어렵다.

좋은 사람

2022. 8. 24.

부임 일주년을 맞이하여! 그동안 나는 무엇을 했나 생각해 보니 네덜란드 지방 곳곳과 주변국 여행을 좀 다녔고 좋은 사람 몇을 건졌다. 글을 쓰기 시작했고 블로그도 하게 되었다. 그냥 8월 끝을 앞두고 감성에 젖어서인지 모르겠지만, 친구들에게 너무 고맙다. 줌바 댄스 같이 들으면서 갑자기 울컥할 뻔했다는 거 눈치 못 챘겠지. 특히 에스토니아 친구, 지난번에는 이 친구 머리 뒤에서 후광이 비치는 경험을 했는데 사람이 빛난다는 게 뭔지 그때 처음 알았다. 상담 선생님이 그런 칭찬은 입 밖에 내서 말해도 좋을 것 같다고 하셨는데 언제 어떤 계기에 해야 할지 생각해야겠다.

오늘 또 유익한 이야기 주워듣고 Meetup이라는 앱을 깔았다. 둘러보니 정말 괜찮은 앱인 것 같아 혼자 알기엔 아까운 생각이 들어 소중한 친구들에게 전파했다. 도움을 받았으면 줄 줄도 아는 게 좋은 사람이니.

이번 주에는 담당 행사가 있으니 '대충' 잘 해낼 것이고, 그 전에 격려차 보조 직원들에게 밥을 사 주었다. 기쁘게도, 월급님이 들어와 주셨다는 거. 두둑한 지갑은 아랫사람을 위해 여는 사람이 되자.

벨테브레이와 홍대

알면 알수록 신기한 조선

투르크메니스탄에서 할 일 없어서 이불 뒤집어쓰고 《조선왕조실록》이나 읽을 때, 군주제임에도 불구하고 꽤 민주적이었다는 사실에 놀란 적이 있다. 이름만 왕이지 뭐 좀 하려 하면 여기서 아니되옵니다, 저기서 아니되옵니다 해 대는데 화병 안 도졌을까 궁금하다.

투르크메니스탄에서는 대통령이 일 차로를 자기 전용도로로 지정하는가 하면, 오늘 하루는 자전거만 타는 날이라며 자동차 타는 사람들을 환장하게 만들기도 하고, 기행이 한두 가지가 아니었다. 그래서 이런 해괴한 정책들이 언제부터 시행되냐고 물으면 이미 시행되었다는 답을 듣기 일쑤였다. 대통령이 마음먹은 순간부터다.

"이 나라는 입법예고 같은 거 없어요?" 물으면 "여기서 그런 거 기대하지 마세요." 한다. 민주국가에서는 상상도 할 수 없다. 이걸 보면 '누가'(왕이, 또는 대통령이) 통치하느냐보다 '어떻게' 통치하느냐가 중요하다는 것을 알 수 있다.

먼 옛날 조선인으로 귀화한 벨테브레이(조선 이름 박연). 이 사람을 기리는 행사를 했다. 매년 해 왔던 대로, 기계적으로, 수동적으로, 시키는 대로. 그래도 잘 알아야지 싶어서 늦게나마 관련 글을 찾아보았다. 눈이 파랗고 온몸이 황금빛 털로 덮인 이 낯선 외국인에게도 조선은 자국민과 같은 대우를 해 주며 품어 준 모양이다.

알고 보면 그렇게 닫힌 나라는 아니었다. 조선.

암스테르담에 홍대가 있다?

Hongdae? 이거 한국 대학교 이름인데 암스테르담에 있다. 한국 음식도 팔고 소주도 판다. 아마 사장쯤 되는 누군가가 한국 대학가 밤 문화를 체험하고서 네덜란드에 옮겨 온 듯하다. 아니면 홍대를 졸업한 우리 교민이거나. 어느 쪽이든 이런 게 수교고 교류 아니겠는가. 벅차오르는 일이다. 벨테브레이나 하멜 같은 사람들로부터 시작된 우리의 인연이 이렇게 이어지고 있다니!

알고 보면 우리는 가진 게 많다

2022. 8. 30.

유럽이라고 하면 흔히 한국 사람들은 꽃으로 장식된 발코니와 볕이 잘 드는 테라스, 아기자기한 건물들을 떠올리곤 한다. 뚝딱뚝딱 부수고 새로 짓기 일쑤인 한국과 달리 옛 건물을 잘 보존하는 유럽에 마냥 환상을 가지는 것이다. 그런데 사실 그 건물들, 너무 옛날 건물이라 난방도 잘 안 되고 걸을 때마다 삐걱거린다는 건 모르는 것 같다.

또 어떤 이들은 유럽인들이 가진 여유를 찬양하는데, 반대로 생각하면 그 여유 때문에 행정이든 은행 업무든 속이 터지도록 답답하다. 그렇게 보면 한국인의 빨리빨리 종특이 시원스럽지만 그 속도에 맞추지 못하면 경쟁에서 도태되는 것도 한국 사회라, 여기서 보면 장점인 게 저기서 보면 단점이 된다. 절대적인 것도 없고, 실체를 겪어 보지 않고 판단할 수 있는 것도 없다.

현지인 친구와 또 이런저런 이야기를 나누었다. 한국인들은 나이가 먹어도 동안인 것과 한국에서는 운전면허증을 일주일이면 딴다는 것, 한국 사람들은 길에서 잘 때까지 술을 먹는 것, 그런데 그런 사람들을 경찰이 친히 집에 데려다준다는 것들이 매우 충격적으로 들리나 보다. 내가 봐도 그렇긴 하다. 취객한테 멱살까지 잡혀 주고도 집에 데

려다준다니 어느 나라 경찰이 이렇게 착하단 말인가! 그리고 길에서
자더라도 지갑이 털리지 않는 신기한 대한민국!

원래 나이보다 열 살은 어려 보이는 K—유전자, 호구 같으면서도
세계 최고 치안을 유지하는 신비로운(?) 경찰력, 난방 잘되는 아파트
등, 자원은 부족하지만 알고 보면 우리는 가진 게 많다.

음…, 운전면허 시험은 좀 바꾸어야 할 것 같긴 한데, 난폭하지만
그래도 어찌어찌 잘들 다니는 거 보면 그것도 K—능력인 것 같다.

사람은 헛된 희망으로 살아간다

2022. 9. 5.

헛되니까 희망이다

헛된 희망으로 살아간다니? 얼마나 어리석게 들리는 말이냐만, 희망은 원래 헛될 수밖에 없다. 그러니까 희망이다. 현실을 직시하는 삶은 헛되지는 않으나 우울하다.

휴가라고 해서 마냥 즐겁느냐 하면 그건 아니다. 휴가도 휴가대로 고생이 따르고 다녀왔을 때 치러야 하는 대가(텅장이 되어 버린 통장, 쌓여 있는 업무 메일 등)가 있음에도, 그래도 또 다음에 놀러 갈 생각을 하고 현실에서 벗어날 꿈을 꾼다. 그래야 살아지니까.

몰타 여행기

몰타. 그러나 몰타라고 하면 못 알아듣고 말타 혹은 멀타의 중간 정도로 발음해야 하는 지중해의 작은 섬. 여기서 한 주간 휴가를 보냈다. 정말이지 오랜만에 뇌를 텅텅 비웠다. 그간의 나와는 달리 이번 여행에서는 (상대적으로) 무계획으로 한 것들이 많았다. 계획할 뇌까지 비웠으므로. 구글 맵에서 미리 안 찾고 그냥 눈에 띄는 식당에 들어가거나, 현지 투어 업체가 있길래 돈 내고 교통편을 의존하거나 한 것들이다. 이틀 정도 망설이기만 하다가 삼 일 차에 바다에 들어가 본 것도 큰 변화였다. 역시나, 다리까지 담그는 게 최대다. 바다는 무섭다. 절레절레. 그래도 이게 어디냐. 잘했다. 토닥토닥.

 # 종교적인 나라에서 미신에 돈 쓰기

헌법상 로마가톨릭이 국교로 지정되어 있다는 몰타는 성당이나 천사상 같은 것들이 많이 있다. 그 와중에 어떤 미신스러운 기념품 가게에서는 각각의 돌이 가진 효능을 설명하며 원석 팔찌를 팔고 있다. '미신'이라는 말은 비과학적이고 헛된 믿음을 뜻하는데 그러면 종교와 무엇이 다르냐는 의문이 생긴다. 종교는 뭐 과학적인가? 무엇을 믿느냐보다 어떻게 믿느냐가 더 중요하다. 종교를 폭력의 도구로 쓰거나 남을 탄압하는 데에 이용하면 미신만도 못한 게 된다. 헛되지만 희망을 준다면, 그게 단기적 희망일지언정 미신인들 어떤가. 자신감을 북돋아 주고 올바른 판단을 도와준다는 '타이거아이' 팔찌에 돈을 썼다. 이거 낀다고 없던 자신감이 생길지는 모르겠지만. 고등 종교 믿는다는 사람들도 확실하지 않으면서 '잘되겠지' 하는 마음은 마찬가지 아닌가.

#희망을 가져 본다

이제 9월이고 하반기다. 다 잘되겠지, 막연히 헛되게 기대해 본다. 헛되니까 희망이다.

아, 나중에 우리나라 수영장식 수영 말고 서양인들이 어릴 때부터 배운다는 생존수영을 배워 보고 싶다. 나중에. 언젠가. 나도 겁 없이 바다를 즐길 수 있겠지.

이런 나라 저런 나라

2022. 9. 9.

본격 비 오는 계절 시작이다. 그렇다고 우산을 쓰면 바람에 부러질 수 있으니 우비를 입어야 한다. 빗소리 듣는 와중에 아직 여행 후유증에서 헤어 나오지 못해 세계지도를 뒤적거린다.

사람에게도 팔자가 있듯이 나라에도 팔자가 있는지, 땅이 물보다 낮아서 도처에 운하가 널린 네덜란드가 있는 한편 사막 나라 투르크메니스탄이 있다. 헐벗고 다녀도 되는 나라가 있고 여자가 발목만 노출해도 큰일 나는 나라가 있다. 먹을 게 남아도는 나라, 아이들이 굶어 죽는 나라, 제각각이다.

예전에 OECD 회의 참석했을 때가 생각났다. 개도국 문제를 어떻게 해결할 것인가가 회의 주제였는데 그 회의를 스테이크를 썰면서 한다. '이 스테이크만 안 먹어도 도움 될 것 같은데'라고 속으로 생각했었다. 그런데 못사는 나라 중에서도 어떤 나라는 머리를 굴려 아예 관광지로 꾸미고 먹고살고, 어떤 나라는 남이 퍼 주는 원조에 맛 들려서 아무런 의지도 생각도 없이 산다.

세계지도를 다시 본다. 여행금지국도 있고, 금지국은 아니지만 혼자 가기는 무리인 나라도 있다. 이런 나라들은 용감한 유튜버들을 통해 간접 체험하는 것으로 충분하다.

(최근에 Joe라는 이름을 쓰는 유튜버의 인도 여행 영상을 보고 배 잡고 숨넘어가게 웃었다.)

시리아도 내전만 아니면 예쁘기가 그렇게 예쁘다는데. 안타깝다. 왜 굶고 아프고 싸우는 나라들이 있는지. 이 좁은 지구에서 복작복작 거려야만 하는 걸까.

그나저나 나의 역마 팔자는 나를 또 어디로 이끌 것인가.

그냥 이것저것 발견한 주말

2022. 9. 12.

현지인 친구랑 식당에서 주문하고 앉아 있으니, 새삼 '아 우리나라 식당에는 테이블마다 호출 벨이 있었지' 떠올리며 또 한 번 K—발명품에 감탄한다. 사실 없어도 크게 불편하지 않은 물건인데 부르기 전에 종업원이 와 주기를 기다리는 것조차 한국인들에겐 힘든 일이라서 만들어진 것 같다. 외국에 있으니까 작은 것도 크게 보인다.

외교관을 희망하는 이 친구가 자기가 공부하는 책이라며 보여 주는데 일본해라고 쓰인 부분이 있어 표지랑 출판사까지 사진 찍었다. 어르신께 보고해야지.

"일본해라니! 일본해라니! 이거 보고해야 해."
"그럼 뭐가 맞아?"
"동해가 맞지."
"한국해(Korean sea)라고 하는 게 더 낫지 않아?"

좋은 생각이지만 그 부분까지는 잘 모르겠다.

"이 책은 수정되어야 해. 너도 일본해라고 부르지 마."
"어, 나는 한국해라고 말할게."

뭐 대충 이런 대화를 했다. 월요일부터 담당 동료가 처리할 예정인데 과연 어떻게 전개될 것인가.

그리고 집에 오는 길에서는 두 남자의 난투극을 목격하고 역시 외국에서는 더 일찍일찍이 다녀야겠다고 생각한다.

또 다른 친구들이랑은 바닷가 식당에 갔다가 후식으로 붕어빵 먹으러 가고…, 뭐 그렇게 사부작사부작거린 주말이었다.

다시 월요일, 싫지만 견뎌 보자.

실버피쉬(Silverfish)

2022. 9. 14.

네덜란드에 와서 처음 이 단어를 들었을 때 생선 이름인 줄 알았으나, '양좀벌레'라고 하는 벌레 이름이었다. 생선이 휘리릭 휘리릭 움직이는 모양을 따서 만들어진 이름이라는데 혐오스럽기도 하다. 지금사는 집에서도 두어 마리 보았다. 네덜란드에만 있는 벌레인지, 다른 유럽 국가에도 사는 벌레인지는 모르겠다만.

이 나라 저 나라 다니다 보면 괴식뿐 아니라 다양한 괴생명체까지접한다. 같은 나방이나 개미라 해도 각 나라의 기후에 따라 크기가 어마어마하게 달라지기도 한다. 우리나라에 없는 벌레를 처음 볼 때면 뭔지 몰라 상당히 난감하지만 결국 박멸은 안 되고 공존해야 하니 해충만 아니기를 비는 수밖에는 없다.

이런저런 벌레와 세균들을 접하고 이 기후 저 기후를 금방금방 넘나드는 이 극한 직업. 오지에서 말라리아 걸려서 죽다 살아난 직원들도 있다는데 어찌 보면 큰 병 없이 건강한 게 신기하다. 심지어 나는 우리 직원들 사이에서 극소수의 인원과 함께 최후의 코로나 생존자!

이제 복싱 수업도 시작했으니 몸이 더 좋아지기를 기대해 볼까.

소통

2022. 9. 16.

옛날 노래

나는 나보다 나이 많은 사람과 대화하는 걸 참 좋아하는 편이다. 경험과 지혜를 얻어듣는 것이 많아서이다. 업무로든 아니든 어르신 꽁무니 졸졸 따라다니다 보면 그래서 얻어듣는 게 많다. 그게 설령 케케묵은 옛날이야기라도. 어르신으로부터 젊은이로 이어지고, 나도 어르신이 되었을 때 또 젊은이로 이어지며 '끈'을 형성하는 것이 소통 아닐까.

넘버원 어르신 덕분에 옛날 노래 몇 개를 알게 되었다. 〈철망 앞에서〉와 〈늙은 군인의 노래〉가 특히 마음에 든다. 케플러의 〈와다다〉만 열심히 듣다가 얼마 전부터는 블랙핑크 노래를 듣고 있었는데 좋은 발견이다. 가사든 블로그 글이든 글이라는 것은 그 형태와 상관없이 기록이 되어 나중에 당시를 전달하는 수단이 된다. 공순이 공돌이가 잠도 못 자고 일하던 시절, 버스 안내양이라는 직업이 있던 시절을 옛날 노래 가사를 통해 교과서보다는 좀 더 생생히 알 수 있다.

과연 앞으로의 내 글은

글을 통해 네덜란드가 어떤 나라인지 은근히 알리고 싶은 마음으로 블로그를 시작했다. 네덜란드 역사책 같은 건 아무도 보고 싶어 하지 않을 테니까. 일상을 녹여 담은 글이라면 네덜란드가 이런 곳이구나 하고 재미있게 느껴질 것 같아서. 일 년 정도 살아 보니 정말 특별한 게 없어서 조금 걱정이 된다. 과연 내 글은 앞으로 어떻게 될 것인가.

최근의 일상이라고 하면, 약 15일에 걸친 환불 대장정을 거쳤고 (한국에서 환불 받는 데 15일 걸려 본 사람 있나? 숨넘어가는 줄 알았다.) 사무실에서 또 실버피쉬 발견했는데 뭐로 때려잡지 하고 1초간 눈 돌린 사이에 사라졌다. 하루하루 대환장하면서도 그럭저럭 살아간다.

바람이 세다. 그래도 올해는 작년보다는 잘 버틸 수 있을 것 같다.

관찰

2022. 9. 17.

현지인 친구들도 사람이 제각각이라 관찰하고 분석해 보는 재미가 있는데 사람을 다 알기란 역시 쉽지 않다.

친구 1은 머리가 똑똑한 애인데 한번은 나한테 대마초 해 보고 싶냐고 물은 적이 있었다. 아래 대화는 모두 농담으로 이루어진 것이니 놀라지 마시라.

"너 대마초 해 보고 싶어?"

"너는 되지만 나는 안 돼."

"여기 있어도 한국 법이 적용되지?"

"맞아."

"네 몸의 주인이 누구야? 너야, 정부야?"

나는 웃으며 정부라고 대답했다. 그러자

"마약은 네가 하는데 왜 정부가 관여해?"라고 하더라. 글쎄다. 철학 토론 주제로 괜찮은 것 같다. 아무튼 얘랑 대화하면 재미있다. 아, 하나 느낀 건 내가 무슨 말을 하면 곧이곧대로 받아들이고 다른 생각을 못 하는 것 같다. 돌려 말해도 딱 알아듣는 한국 사람들이랑 좀 다른 느낌? 게르만족이라 그런 건지, 그냥 얘가 그런 건지 그건 모르겠다.

네덜란드 토박이인 듯한 친구 2는 아시아 식당조차도 가 본 적이 없는지 남들 다 하는 젓가락질도 전혀 모르고, 붕어빵이 일본에서 유래한 간식이라는 사실도, 아니 붕어빵의 존재 자체도 몰랐다.

친구 3은 나와 같은 내향인으로서 미술관에 같이 갔던 앤데, 남들은 휙 보고 나가 버릴 작품 앞에서 꽤 진지하게 설명을 읽고 감상하며 자기 생각을 이야기했다. 나랑 같은 부류 맞는 것 같다. 성격이 조용한데 자기가 싫은 것(실버피쉬, 길거리 변기)에 대해서는 Bullshit, Disgusting이라고 시원하게 욕할 줄 아는 반전 매력이 있다.

친구 4는 마냥 반듯반듯 순둥한 것 같고, 대충 소개를 하자면 이 정도다.

네덜란드에 대해 제일 궁금한 건, 크기로는 우리보다도 작은 나라가 어떻게 옛날부터 그렇게 잘살았고 어떻게 세계로 뻗어 나갈 생각을 했는지이다. 무슨 힘이 있어서 다른 나라를 식민지 삼을 수 있었을까? 알 수 없다. 얘네가 나라 잃은 슬픔을 모르듯이. 그리고 이런 나라에서 태어나 살아온 네덜란드인들의 사고 구조. 이해하고 싶다. 하지만 여기서 한 10년 살 거 아닌 다음에야 어려운 일이겠지.

좋아지는 건가

2022. 9. 21.

심리상담 시간이 짧아지고 상담 횟수도 이제 주 1회가 아닌 2주 1회다. 이번 주 상담에서는 많은 격려를 받았다. 아는 사람 하나도 없는 추운 나라에 뚝 떨어져서 펜팔 애플로 정신 멀쩡한 사람 가려내고 그들과 친구가 되기까지, 그리고 그들 덕분에 처음보다는 자신감과 안정감을 얻기까지 고생 많이 했다. 상담 선생님이 노력 많이 했다고 하셨다.

내 감정을 솔직하게 표현하는 연습은 계속해야 한다. 눈치 문화가 발달한 우리나라와 다르게 하나부터 열까지 꼬집어서 말하지 않으면 알아듣지 못하는 이 나라 문화. 그래서 네덜란드인들은 둔감하면서 동시에 솔직하다. 점잖음과 체면을 중시하는 우리 기준에서는 '헉!' 하는 경우도 종종 생긴다는 거. 다음에 현지인 친구 만나게 되면 내 감정 표현 연습을 도와달라고 해 볼 생각이다.

《안네의 일기》 영어본을 읽기 시작했고, 다 읽는 데 또 영겁의 시간이 걸릴지 모르겠다. 어린 여자애가 쓴 일기라고 만만하게 봤는데 그래도 영어는 영어다. 어렵다. 유튜브를 줄이고 싶은데 이건 너무도 어려운 일. 상담 선생님은 고양이 채널 하나 봤으면 유익한 채널 하나 보는 식으로 조절을 하면 어떻겠냐고 하셨다. 해 보자. (그런데 고양이는 너무 귀여워!)

아직도 때때로 불안정하고 정신이 산란하지만 겉으로는 잘 지내는 것처럼 보인다니 다행이다. 새로 오신 직원도 어찌 그렇게 밝게 잘 지내냐고 하시길래 '엥' 했는데.

좋아지는 건가. 두근두근.

알다가도 모르겠다

사람 사는 게 다 똑같은 한편, 먼 옛날 교류가 없던 시절에는 왜 조상님들이 이들을 양놈 오랑캐라 표현했는지 알 것 같은 부분들도 점점 눈에 보인다.

최근에는 네덜란드 미신 몇 가지를 파악해 보았다. 검은 고양이는 재수가 없다거나 13은 불길한 숫자라거나 거울을 깨면 불운이 온다는 건 서양권 공통인 것 같다. 재미있는 건 재채기를 연달아 세 번 하면 다음 날 날씨가 좋다고 믿는 미신이 있다고 한다. 그래서 누가 재채기를 두 번 하면 주변에서 '한 번만 더 해'라고 말한다고 한다. 왜인지는 모르겠다. 합리적인 이유가 없으니까 미신이겠지만.

우리나라(홍콩도 그렇다고 한다)에서는 누가 재채기를 하더라도 특별한 말을 하지 않는데 여기선 God bless you를 하는 거 보면 재채기에 남다른 의미를 부여하는 것 같기도 하다. 흑사병 트라우마 때문이려나? 마음대로 추측해 본다.

길을 걷다 보면 더치어로 길을 물어보는 사람들이 있다. 당연히 아시아계 네덜란드인일 거라고 생각하는 건가. 생김새가 외국인이니까 영어로 물어봐야겠다고 생각할 법도 한데 참 편견 없는 사람들이다.

이제 여기 온 지도 일 년이 지나서 웬만큼 안 것도 같은데 또 모르겠기도 하다. 네덜란드, 넌 어떤 나라니.

여긴 누구고 나는 어디인가

2022. 9. 27.

아니다, 여긴 어디고 나는 누구인가. 행사 때문에 지친 와중에 프랑스와 영국에서 동기들까지 놀러와 참 와글와글한 주말이었다. 나에게는 식상한 풍차와 운하가 어찌나 예쁘다고 난리던지. 예뻐 봤자 일터인 것을. 하긴, 프랑스 동기도 에펠탑에 아무 감흥 없다고 하더만. 안에서 보는 것과 밖에서 보는 것이 이렇게도 다르다.

감탄을 연발하는 동기들에게 '이게 뭐가 예쁘다는 거지' 하는 얼굴

로 가이드를 해 주며 구석구석을 같이 다니니, 그래도 간과했던 부분들이 다시 보이긴 한다. 세계 어디에나 있는 KFC와 맥도날드, 이게 미국의 힘이구나. 땅 크고 돈 많은 거 하나는 부럽다. 보트 투어 때 제공되는 외국어 음성 안내 서비스에 일본어는 있는데 한국어는 없구나. 우리는 아직도 작고 약하구나. 그래서 주말을 반납해 가며 한류 행사를 해야 하는 거구나.

내 역할의 크기가 시계태엽 한 개 정도라도 된다면, 그래서 언젠가 우리나라가 KFC만큼의 명실상부한 존재감을 가지게 된다면 나는 보람을 느낄 수 있을 텐데.

여긴 어디고 나는 누구인가?

머리 감기 싫은 날

주말도 아닌데 그런 날이 있다. 어차피 추워서 땀도 안 나는데 하루쯤 감지 말자 하고 질끈 묶는 날.

이란에서 썼던 히잡이 이런 날에는 유용할 테다.

투르크메니스탄에서 네덜란드로 넘어올 때, 하늘길이 폐쇄된 탓에 육로로 이란까지 '탈투르크' 우선 하고, 비행기로 이스탄불을 거쳐 간신히 도착했었다. 이란으로 들어오는 국경에서 잔뜩 겁먹은 채로 스카프를 머리에 둘둘 두르고 혹시 몰라 겉에 긴팔 카디건까지 입었던 그날의 기억, 아직도 생생하다. 도저히 더워서 안 되겠어서 이란 현지인에게 긴팔 꼭 입어야 하나 물었더니 내 소매길이를 확인한 현지인은 "머리랑 목만 가리면 돼. 여긴 탈레반 없어, 괜찮아."라고 대답해 주었다.

머리 안 감은 날, 덕분에 평소보다 조금 시간이 남은 아침에 최근 이란 시위를 보며, 그놈의 히잡 쓰고 싶은 사람만 쓰게 하면 안 되나 생각해 본다.

요상한 사회생활

2022. 10. 1.

세상이 참 이상한 게, 예컨대 A가 B를 난데없이 때렸다고 치자. B는 어떻게 해야 하는가? 드러누워서 병원에 실려 가 진단서를 떼는 게 최후의 위너가 되는 길이다. B가 A를 같이 때리면 남들 눈에는 그냥 똑같은 놈들이 싸우는 게 되고, 실제로도 쌍방 과실로 처벌될 뿐이다. 이게 참 이해가 안 되는 거다. B가 A를 때리지 않고 참았을 때 그 분통으로 화병에 앓아눕는다면? 그래도 위너라고 할 수 있나? 진짜 모르겠다.

A와 B가 투덕투덕 싸워서 법정까지 갔다고 치자. B는 정당방위가 인정되어서 무죄를 받았다. 그래 봤자 세상 사람들 눈에는 '법정 갔다 온 사람'일 뿐이다. 이유도 없이 억울하게 먼저 맞은 사람인지 아닌지는 관심 대상이 아니다. 요상한 세상사다. 더 요상한 건 A가 반드시 큰 벌을 받는 것도 아니라는 거다. A는 A대로 맛있는 거 먹으면서 잘만 살아간다. 나는 이거 정말 이해할 수 없다. 그러니까 A가 폭력 기질이 있는 것 같다 싶으면 진작 거리를 두고 말도 섞지 않는 게 최선이다.

휴, 어쩌면 사회생활은 다양한 유형의 또라이들을 만나고 끝없이 부딪치고 얻어맞아 가며 해탈을 향해 가는 과정일 테다. 동기들과 각자가 겪은 또라이 경험담을 나누며 느낀다. 정말이지 세상은 반드시 합리적이지 않고, 그래서 어렵다.

반 고흐 미술관

2022. 10. 4.

#고흐처럼 살까 말까

 내가 얼마나 답답하고 폐쇄적인 사람이냐 하면 외골수 기질이 있어서 관심 있는 분야에는 열심이지만 관심 없는 분야에는 눈길조차 안 준다. ISTJ 기질인지도 모르겠다. '흥미 없는 걸 굳이 왜 해 봐야 해?'라는 생각을 기본적으로 깔고 있는 듯하다. 현대 추상미술은 좋아하지만 고전미술에는 관심 없는 나, 네덜란드에 일 년 하고도 한 달을 살면서 반 고흐 미술관에 가 보고 싶다는 생각조차 안 해 봤다. 네덜란드 살면서 그 유명한 곳 한 번 안 가 보면 어떡하냐고 난리인 동기들 성화에 관심은 없다만 표를 예매해 보았다. 역시 직접 보니 책으로만 보던 거랑 다르고 '어, 음, 물감 잘 썼네' 하는 느낌은 드는데 딱 거기까지다. 역시 나는 현대미술 체질이다.

 생전에 인정 못 받고 그렇게 가난에 시달리면서도 그림을 놓지 않은 반 고흐도 어쩌면 외골수 성향이었을까. 미련스럽게도 한 우물을 팠던 고흐가 사후에라도 유명해져 인정받으니 다행이다. 아니다 싶으면 다른 길을 찾든, 될 때까지 하나만 하든 정답은 없는데 이것도 선택하기 나름이다.

#사색의 확장

"즉흥적으로 임할 때 인생은 최고다(Life is at its best when you improvise)." —조지 거슈윈

계획적이고 안정적인 것을 추구하는 ISTJ인 나에게 다소 공감은 안 되는 말이지만, 일리는 있다. 때로는 관심 없어도 한 번쯤 맛볼 필요는 있다. 그래야 내가 어떤 걸 잘하고 좋아하는지 알게 된다. 몰랐던 재미를 뜻하지 않게 발견할 수도 있다.

나는 고전미술이 재미없고 현대미술이 좋으므로 다음에는 현대미술 전시하는 곳을 찾아야겠다.
나는 정적인 사람이고 몸이 잽싸지 않으므로 복싱보다는 요가가 맞다. 그리고 다음에는 여성 전용 복싱으로 옮겨야겠다. 남녀가 같이 하려니 겁먹게 되고 불편하다.

"저 아직 자신감이 회복되지 않았나 봐요." 하는 말에 심리상담 선생님은 시도 자체가 대단한 거라며, 자신에게 맞는 운동이 뭔지 알게 된 것에 의의를 두라고 하셨다. 그래, 찔끔찔끔이라도 이것저것 해 보는 거야.

오늘은 반 고흐를 체험했고, 어제는 쇼팽 피아노 공연을 들으며 조르주상드와 들라크루아 등에 얽힌 노잼 일화를 주워 읽었고, 그렇게 깨작깨작 시간을 보냈다. 그리고 다음 주에 또 다른 미술관에 간다. 재미있는 거 어디 또 없나 열심히 찾아보자.

향수를 자극하는 향

2022. 10. 6.

요즘 마트 풍경

네덜란드의 이마트라 할 수 있는 알버트 하인에는 요즘 알파벳 모양을 한 초콜릿, 스페큘러스, 크라우드노텐이라고 하는 과자가 가득 가득하다. 첫해 겨울에는 뭔지도 모르면서 체험 삼아 사 먹어 봤었는데 지금은 신터클라스데이를 위한 간식거리라는 걸 안다. 왜 먹는 거고 어떻게 유래된 건지 열심히 알아보는 시간을 가졌다. 신터클라스데이란 크리스마스인 듯 크리스마스 아닌 크리스마스 같은 너… 정도로 이해하면 될 듯한데 어린 애들이 엄청 좋아하고 어른들도 동심으로 돌아가 즐기는 날이라고 한다.

저 과자들 역시 네덜란드 음식 아니랄까 봐 (적어도 나에게는) 더럽게 맛이 없다. 계피와 생강 향이 강해서 대장금이 아니라도 한 입에 알 수 있고 심지어 후추 맛이 나는 것도 있다. 과자에 왜 후추를 넣는 건지 원. 다신 안 사 먹는다. 그래도 이 나라 애들은 저거 받겠다고 축제 때 나와서 손을 뻗고 기다린다니, 신토불이라는 말이 딱이다.

감정도 신토불이

배운 사람들 덕분에 그 흔한 칭챙총이나 니하오 소리 한 번 안 듣고 어울려 잘 지내고 있지만 그래도 이방인으로서 소외감을 느끼는 순간이 있다면 바로 이럴 때다. 이들만의 명절이 있을 때 나는 이들이 느끼는 게 어떤 감정이고 어떤 정서인지 공감할 수 없다. 그저 바리케이드 밖에 멀뚱히 서서 기웃거리는 기분이다.

현지인 친구한테 단군신화를 짧게 설명한 적이 있다. 먼 옛날 곰이 마늘을 먹고 사람으로 변해서 사람 남자랑 결혼하고 아이를 낳았는데, 그 애가 우리 최초의 조상님이라고. 너무 재미있는 이야기 아닌가. 나만 재미있나? 나만? 너는 이게 재미없어? 서로 같은 감정 느끼고 싶은데…, 더 친해지고 싶은데…, 또르르.

맡고 싶은 냄새

이게 뭘까. 길에 핀 어떤 식물인데 깻잎처럼 생겨서는 향수를 자극한다. 아무리 한식당도 있고 온라인 배송도 된다지만 쌀 먹는 건 아주 가끔이고 이곳의 주식인 밀가루를 벗어날 수 없다. 깻잎에 무쌈 올리고 주꾸미 싸서 흰밥이랑 먹으면 을매나 맛있을꼬! 아, 환취가 느껴지는 것 같다.

먹자골목에서 풍겨 오는 숯불갈비 냄새, 쌀밥 막 지은 냄새, 방앗간 들어가면 느껴지는 곡물 가루 냄새, 고릿하고 깊은 청국장 냄새, 맡고 싶다. 깊이.

국내 도입이 시급

아직도 적응 안 되는 게 있다면 트램이다. 버스랑 뭐가 다른지도 모르겠을 뿐더러, 도로 위를 가로지르는 트램 길을 지나다닐 때는 왠지 밟으면 안 될 것을 밟는 듯한 기분이 든다. 우리나라에는 왜 트램이 없을까. 다 이유가 있겠지? 무슨 제도든 기술이든 각자 팔자대로 사정에 맞게 만들기도 하고 없애기도 하는 거니까.

그래도 이것만큼은 국내 도입이 시급한 게 있다면, '실속', '실용'이라고 하겠다. 결혼식을 계획하고 있는 친구 한 명을 두고 다섯이서 대화를 하다가 '우리나라 결혼식의 문제점'으로 주제가 확장되었다. 밥장사, 부모님 체면 세우기, 우르르 떼거지 초대, 본전 뽑기. 막말로 표현하자면 이렇다. 이곳 결혼식은 그렇지 않다. 어떤 외국인은 한국 결혼식을 '공장식 결혼'이라고 표현했다.

쓸데없는 낭비는 직장에서도 나타나는데, 최근 어떤 네덜란드인이 하는 말을 듣고 부러워 뒤로 넘어질 뻔했다. 자기들은 회식이라는 개념이 없고, 상사가 일 끝나고 같이 저녁 먹고 싶어 할 수는 있는데 직원들은 그걸 명령으로 받아들이기보다는 '어쩌라고'로 받아들인다고 했다.

언제였지, 별것도 아닌 식사를 준비하는데 나이와 직책을 고려한 좌석 배치도를 열심히 짜서 결재를 올렸더니 "여기가 제일 젊지 아마, 여기가 여기로 와야 하고…, 아니다. 이쪽으로 앉게 하자." 하며 한 세 번을 빠꾸 먹었었다. 그날은 퇴근하고도 '이게 뭐 하는 짓이지' 하는 생각에서 헤어 나오기 힘들었다. 그거 말고도 낭비적인 건 여러 가지지만, '할많하않'이다. 요즘 MZ세대들이 문화를 바꿔 주기를 기대한다는 결론으로 오늘 동기들과의 대화는 끝이 났다.

+ 오늘의 군더더기

암스테르담에 쿠키 맛집이 있다는 정보를 입수했다. 소문에 의하면 주인이 심리학 전공자라고 한다. 소비자 심리를 장사에 적용해서 잘되나? 솔깃하다. 나도 빨리 뭔가 다른 걸 해 보고 싶다는 생각이 또 올라온다.

일단은 친구 아무나 꾀어서 같이 가 봐야지. 단걸 먹으면 기분이 좋아질지도 몰라.

뫼비우스의 새옹지마

2022. 10. 10.

뫼비우스의 띠를 열심히 기어다니는 개미? 네덜란드 화가 에셔
(Escher)의 대표작인 〈뫼비우스의 띠 Ⅱ〉에서는 아홉 마리 개미들이
뫼비우스의 띠를 따라 바쁘게 돌아다니고 있다. 생김새로 보아서는
일개미인데, 왠지 나와 동기들 모습 보는 것 같았다. 너네 그렇게 열
심히 기어다녀서 얼마 버니?

헤이그에 위치한 에셔 미술관은 현대미술을 좋아하는 나에게 반
고흐 미술관보다 100배는 재미난 곳이었다. '예뻐 보이게' 붓질을 하
는 게 고전미술이라면 현대미술은 난해한 작품을 던져 주고 "의도가
뭐게? 맞혀 봐."라고 관객에게 말을 건다. 고전미술은 관객이 만질 수
없도록 유리와 금지선으로 보호하는 반면, 현대미술은 관객이 참여
해서 만져도 보고 부숴도 보게 하면서 '공동 행위예술자'와 같은 기분
을 느끼게 한다. 예술은 고상하기만 한 것이라는 관념을 무너뜨리는
것이다.

에셔의 작품에서는 미술과 수학의 구분도 무너져 나타난다. 차원과
시공간의 개념을 미술로 표현하다니! 고흐랑 렘브란트만 알았지, 네
덜란드에 이런 천재 화가가 있을 줄이야.

마침 요즘 나는 심리상담 선생님 말씀을 성실히 실천하고 있었는데….

고양이 채널 하나, 유익한 채널 하나씩 번갈아 보면서 유튜브를 조절해 보는 게 어떠냐는 말씀에 우주 상식에 관한 유튜브를 찾아보고 있었다. 공간의 휨, 웜홀, 특수상대성이론, 평행우주, 초끈 이론, 양자역학…, 도무지 뭔 소리 하는지 모르겠는데 재미있다. 그 와중에 뫼비우스의 띠. 안이 밖이요, 밖이 곧 안인 재미난 존재. 이걸 어려운 말로 편측성, 비가향성이라고 한다나.

어쩌면 이 세상도 커다란 뫼비우스의 띠일지도 모른다. 출구가 안 보이는 어둠인 줄 알았는데 살다 보면 그게 아니고, 승승장구할 줄 알았는데 고꾸라지기도 하는, 그리고 그게 끝없이 이어지는. 뼛속까지 문과인 나는, 종교학에 관심 있는 나는 "수없이 넘어지고 수없이 일어나리라. 넘어지고 넘어지다 보면 네가 설 곳이 있느니라"라는 어느 무가의 구절[1]이 참 마음에 든다. 에서로 시작해 새옹지마를 깨닫는 날이었다.

---

1 '만세받이(내림굿을 할 때 부르는 노래)'의 한 구절.

사농공상

2022. 10. 11.

왜 사농공상일까. 실상은 '사'가 제일 쓸데없고 '상'이 최고인 것 같은데. 아니, 사농공상에 들어가지도 않는 광대나 남사당패의 요즘 위상을 보자. '사'가 평생 만져 보지도 못할 부와 인기를 누리지 않는가?

그런데 이게 반드시 성리학적 유물은 아닌가 보다. 실용적이기로 유명한 네덜란드에서조차 (특히 구세대들은) 대학 나와서 넥타이 매고 일하는 걸 더 높게 치는 인식이 있다고 하니 흥미로운 일이다. 물론 평등을 추구하는 나라이므로 직업에 차별을 두지는 않으나, '기술자들은 책 읽을 시간에 기술을 배웠으므로 머리에 든 게 없을 것이다'라는 고정관념이 한국과 마찬가지로 존재한다고 한다. 그러나 고정관념과 달리 정작 기술자들은 더 많이 벌고 있고, 무식하다는 인식이 갈수록 옅어지고 있다는 것도 놀라운 공통점이다.

사람이 꼭 책을 많이 읽고 똑똑해야 할 필요는 없는 건데. 왜 이걸 이제 깨닫는 건지. 좀 더 늦게 태어났으면 좋았을걸!

10월, 가을, 생각하는 계절

2022. 10. 14.

생각 하나

한국만큼 남한테 밥 사는 게 자연스러운 나라도 잘 없는 것 같다. 책 한 권만 빌리더라도 한국에서는 밥을 살 충분한 이유가 된다. 조만간 동료 직원이 자기랑 당직 순서 바꿔 줬다고 밥을 사겠단다. 순서만 달라졌지 어차피 다 해야 하는 당직인데.

네덜란드를 포함한 서양권에서는 이해 못 하는 문화라고 한다. 내 밥은 내가, 네 밥은 네가 사 먹는 개인주의다. 외식비가 비싸서일 수도 있다고 누군가는 분석했다. 비싼 밥을 산다는 건 우리처럼 '우정' 내지 '정 나눔' 차원을 넘어선, 큰 은혜에 대한 보답의 의미가 있고, 그래서 매우 드문 일로 생각한다고 한다. 특히 이성 간에 밥을 사 준다는 건 데이트 신청으로 오해할 소지가 있으니 조심해야 한다고 들었다.

개인적인 생각을 밝히자면 김영란법은 우리나라 정서와는 동떨어진 구석이 없지 않다고 본다. 취지는 아주 좋으나 거부감이나 혼란이 완전히 없어지기까지는 아직도 시간이 필요할 듯하다. 좋은 일 생기면 이웃에 떡 돌리던 국민들한테 김영란법이라니. 3만 원, 5만 원, 10

만 원을 법으로 정한 것도 우스꽝스럽다고 생각한다. 29,990원까지는 그럼 받아도 괜찮고, 거기서 10원만 더 받아도 위법이 된단 말인가… 쩝, 어쨌거나.

생각 둘

몰랐는데 네덜란드에는 매년 10월 '어린이책 주간'이라는 것이 있어서, 동네 서점에서 어린이책을 구입하면 작은 책을 하나 더 끼워 준다고 한다. '글을 가까이하느냐', 선진국과 후진국은 확실히 이게 다르다. 어린 애들이 학교를 못 다니고 길에 나와 장사를 하는 나라를 겪어 봤기에 상당히 대조적인 인상을 준다. 네덜란드, 좋은 나라다.

가을이다

길가에 도토리 천지다. 사람들을 닮아서 도토리도 길고 크다. 한국이었으면 그거 주워 가려는 아줌마들과 못 줍게 하려는 정의의 오지라퍼들 간의 실랑이도 볼 수 있을 텐데. 여기는 지나치게 평화로운 풍경뿐이다.

10월에는 핼러윈도 있는데 이건 네덜란드 문화는 아니라서 크게 즐기지는 않는 것 같다. 어느덧 10월도 반이 지나가고 있다. 시간이 왜 이리 빠르지.

내 글을 쓴다는 것

2022. 10. 15.

어르신이 무대에서 돋보이도록, 상대방과 미팅하실 때 버벅대지 않도록, 일종의 대본을 써 드리는 게 내가 하는 여러 일 중 하나다. 이런 글들은 어르신의 손을 거치며 다소 다른 모습으로 재탄생하게 되는데….

또래 동료 직원이 내 글(그러나 내 글이라 할 수 없는 내 글)을 보고 "헉, 이거 써 주신 거예요? 아재체가 되었네요!" 하더라. 빠앙— 터졌다.

아재체! 그렇다. 글에는 만연체나 간결체만 있는 것이 아니다. 아재들이 좋아하는 단어와 문장이 있다. 예를 들면 네덜란드를 화란이라고 표현하는 것들이다. 이들은 오스트리아를 '오지리'로, 필리핀을 '비율빈'이라 부르는 것을 좋아하며 '오늘'과 같은 쉬운 말을 굳이 '금일'로 바꾸는 것을 좋아한다.

아아, 살아 보지도 않은 70년대 골목 풍경이 눈앞에 펼쳐지는 건 기분 탓인가?

여기, 일에서 벗어나 남이 아닌 나를 위한 글을 쓰는 공간. 온전히 나만의 세상을 위한 일기장도 좋지만 남과의 소통을 위한 블로그도 좋다. 한 명이라도 재미있게 읽어 주면 그만이다. 내 글을 쓰는 공간을 가진다는 건 숨통을 트이는 것과 같다. 내 이름으로, 내 생각을 내 스타일대로 자유롭게 펼칠 수 있는 건 정말이지 하나의 복이고 기쁨이다.

점심에 커피 한 잔

2022. 10. 20.

오늘따라 구름인지 비행기 흔적인지 모를 줄무늬 같은 것들이 하늘에 많길래 목이 꺾어지도록 바라보다가, 저 하늘길을 통해 참 많은 나라를 다녔구나 하는 생각이 새삼 들었다.

국민으로서야 공포스럽고 답답하겠지만 외국인으로서는 살기 참 좋았던 독재국가 투르크메니스탄. 반대로 네덜란드는 내가 외국인이라 힘들지 국민으로 태어나 산다면 참 좋은 나라인 건 맞다. 궂은 날씨는 자주 사람을 위축되게 하지만 그래도 굴하지 않고자 몸을 움직이려고 발악하며 마음 맞는 동료직원들과 '맛집 간판 깨기'를 하고 있다. 비싼 외식비는 풍부한 맛집 체험과 나중 추억을 위한 투자가 되겠지.

점심시간, 젊은이들은 샌드위치를 입에 물고 바쁘게 걸어 다니고 할아버지들은 테라스가 있는 카페에서 커피와 디저트를 즐긴다. 집에서 할머니가 밥을 안 해 줬나 궁금히 여기면서도, 우리가 생각하는 전형적인 유럽 풍경에 낭만과 부러움이 가득이다.

그러고 보니 폐지를 줍거나 공원에 죽치고 앉아 시간 때우는 노인들을 거의 본 적이 없는 것 같다. 아무리 평등과 복지를 추구하는 나라라도 빈부격차가 아예 없진 않을 텐데. 대체 이 나라 뭐지? 탐구 정신이 또 발동된다만 머리가 터질 것 같으므로 천천히 공부해 보자. 요즘 업무가 좀 많다. 적당히 무시할 건 무시하고 뒷전으로 해 가며 조절하고 있지만 지끈지끈한 두통에 진통제를 먹고 초저녁부터 잠들었다.

나도 나중에 카페 다닐 줄 아는 노인이 되고 싶다. 아등바등 살아온 티가 나는 노인이 아니라 눈이라도 마주치면 웃으며 '하이!' 하고 인사해 주는 네덜란드 노인들, 그렇게 되면 좋겠다.

역사가 깊은 베이커리 카페, 다음엔 또 어느 맛집을 갈까~

다른 세상 알아 가기

여긴 정말 한국과는 다른 곳이긴 하다. 학생들이 어릴 때부터 너무 당연하게 알바를 하는 것부터가 그렇다. 네덜란드 부모들은 자식들에게 돈 버는 게 얼마나 힘든 일인지 깨달아 볼 것을 가르친다고 한다. 알바할 시간에 공부나 해서 장학금을 타라고 하는 한국 방식과 다르다.

한국에서는 주구장창 앉아서 교과서를 달달 외우는 게 중요하니까 공부 외에 다른 일하는 게 시간 낭비겠지만 여기는 암기식 교육이 아니라서 가능한 일이 아닌가 싶기도 하다. 사실 암기하지 않고 시험을 보고 평가한다는 것도 나의 지극히 한국적인 두뇌로는 이해가 안 되긴 한다. 몇 개를 맞고 틀리는지 세야 공부 잘하는 학생, 못하는 학생이 가려지는 거 아닌가? 수업 때는 친구들과 토론하고 발표하고 시험 때는 자기 생각을 자유롭게 서술하는 거라는데, 궁금하다 궁금해. 유럽 쪽으로 애들 유학 보냈다가 지식 습득이 안 돼 실망하는 한국 부모들이 많다는 이야기도 들었다. 흠, 모르겠다. 참 다른 곳이라는 것만 알겠다.

이렇게 전혀 다른 세상, 궁금투성이인 곳에서 유익한 정보원이 되어 주고 있는 현지인 친구들. 처음에는 내가 현지인과 친해질 수 있을 거라는 기대를 전혀 못 했었다. 당연한 얘기지만 지금도 이들은 자기 가족, 친척, 동창, 고향 친구가 우선이고 나는 뒷전이다. 유치하게도 아주 살짝 서운할 때가 있지만 그래도 얼마나 고마운지.

친구 하나가 오랜 친구들 먼저 만나고 나랑 만나 줄 시간이 났는지 한 달여 만에 다시 연락을 해 왔다. 이번엔 또 무엇을 물어볼까, 무엇을 배울까.

스산함 속 작은 놀라움들

2022. 10. 25.

내년에 좋은 일이 생기려고 하는지, 델프트 지역에서는 화재가 나는가 하면 주변에서는 도난 피해 소식들이 들려오고 있다. 어째 스산하기도 하다.

추워지는 날씨에도 반바지를 입고 다니는 사람들, 심지어 어떤 사람은 서핑보드를 짊어지고 자전거를 타기까지! 이런 기질과 장대한 기골이 있었기에 물보다 낮은 땅에 둑을 일구어 낼 수 있었나 생각하게 된다. 항상 겪는 거지만 신호등도 없는데 길을 끝까지 건널 때까지 무한 인내심으로 멈춰 기다려 주는 운전자들도 새삼 놀라운 점이다. 일상 속 소소한 놀라움들이 곳곳에 숨어 있다. 너무 평화로우면 노잼일까 봐 간간이 도둑들이 활동해 주나 보다. 점점 해가 짧아지므로 나도 느슨해진 긴장을 다시 조여야겠다.

그나저나 재미있는 거 어디 없나, 일만 생기고 재미는 안 생기네. 재미를 찾기에는 사무실에서 보내는 시간이 너무 길다. 옛날 아재들은 어떻게 주 6일을 일했지…. 그것도 놀라운 부분이다.

배워야 해

개 학교

개 학교? 네덜란드에는 개가 다니는 학교도 있다. 이걸 붙여 써야 할지 띄어 써야 할지도 모르겠다만 어쨌거나 네덜란드 개들은 배운 개들이다. 학교에서 무엇을 배우는고 하니 똥오줌 가리기, 사람 물지 않기, 혼자서도 잘 있기 등을 배운다고 한다. 이건 기본과정이고 고급 과정도 있다. 고급과정에서는 뛰어다니는 사람이나 자전거를 만났을 때, 또는 물웅덩이를 맞닥뜨렸을 때 행동하는 법을 배운다고 한다.

실제로도 길을 걸으며 만나는 많은 개들은 목줄 없이도 점잖기가 마치 양반이고 사람에게 관심도 없다. 그래서 네덜란드 개들은 무서 워할 필요가 전혀 없다. 역시 사람이나 개나 배워야 한다. 아, 목줄을 아무 때나 안 하는 건 아니고 목줄을 꼭 해야 하는 구역과 풀어도 되 는 구역이 규정되어 있어서 주인이 잘 확인하고 지키면 되는 사항이 다. 밑도 끝도 없는 자유의 나라 같지만 그 와중에 책임도 확실히 지 우는 나라가 네덜란드다.

#디제이 스쿨

요건 몰랐지. 디제이를 양성하는 기관도 있다고 한다. 이름만 스쿨이고 실제로는 학원과 같은 개념인지는 잘 모르겠다. 네덜란드, 특히 암스테르담은 EDM의 성지라는 사실을 새로이 알았다. 네덜란드 하면 튤립이랑 풍차만 떠올렸는데 이것도 배움이 부족하고 관심이 부족했던 탓이다. 음악을 좋아하지만 영 손이 안 가는 장르가 두 가지인데 헤비메탈과 EDM이다. 한마디로 정신 사나운 음악 싫어한다. 그래서 전혀 몰랐던 사실, 국제적으로 유명한 디제이들은 네덜란드 출신이 많다. 현지인 친구한테 너네는 아이돌그룹 없냐고 물었을 때 자기네는 그런 거 없고 디제이가 있다고 했었는데 그 말을 이제 알겠다.

#아직도 배울 게 많아

떠돌이 생활이 힘은 들어도 이렇게 세상 요모조모를 배우고 습득하는 것이 공자님 말마따나 기쁘지 아니한가? 더 열심히 보고 듣고 겪어야겠다.

참, 현지인 친구가 네덜란드 인사법이라며 오른뺨―왼뺨―오른뺨에 총 세 번 볼 뽀뽀를 하는 거라고 가르쳐 줬다. 이건 또 무슨 농락 짓거리인가 했더니만 알아보니 진짜다! (물론 생판 남하고 하면 안 되고 친한 사이에서, 닿을 듯 말 듯 하는 거다.) 뭐든 제대로 배우려면 '윽, 이게 뭐야!' 하기보다는 온 마음을 여는 태도가 중요하다.

고군분투

또또또 신인 걸 그룹이다. 엔믹스니 르세라핌이니 정신없는데 이번 엔 뉴진스다. 동기 한 명이 얘네 얼굴 구분 못 하면 늙은 거라고 하길 래 괜히 오기가 생겨 느닷없이 공부 아닌 공부를 했다. 한 명 정도는 염색시켜서 이름 외우기 쉽게 할 법도 한데 죄다 까만 머리로 꾸며 놨 다. 거기에 안 그래도 어린애들을 더 어려 보이게 하는 청바지 패션, 안경 코디를 해 놨으니 대중들 눈에 얼마나 예뻐 보일지!

누구는 예쁜 애들을 발탁하기 위해 발품을 팔았을 것이며 누구는 어떻게 해야 음악시장을 공략할지 끊임없이 연구했을 것이다. 안 보 이는 곳에서 고군분투한 사람들의 흔적이 보인다. (역시 큰 장사나 작 은 장사나 아무나 하는 게 아녀….) 친구들 학교 끝나고 떡볶이 먹을 때 다이어트하며 춤 연습하고, 새벽같이 일어나 방송국 출근해야 하 는 멤버들도 물론 고군분투일 것이다.

스트레이 키즈라는 그룹은 빌보드 1위 했다는데 한류는 사회현상 이 되어 버린 지 오래라, 행사 하나를 기획하기 위해서라도 대충 이런 애들이 있다는 정도는 하나의 시사 상식처럼 알아야 한다. 모두가 고 군분투를 하며 산다.

나아질 수 있을까

2022. 10. 31.

요즘 들어 계속 터지는 후진국형 사고들, 그리고 이태원 압사 사고. 대체 뭐가 문제일까 궁금해하다가 어떤 의견 하나를 보았다. 껴겨 죽을 것 같은 지옥철에 익숙한 한국인들이라 사람 많은 곳이 위험하다는 생각을 못 한 탓도 있을 거라는 분석. 말이 되는 것 같다. 해외 나온 지 3년이 된 지금도 출퇴근 시간마다 겪었던 생지옥이 고스란히 떠오른다. 그렇게 떠밀리면서도 어떻게 버텼는지 참 신기한 노릇이다. 왜 지옥철일까, 그만큼 좋은 시설이나 직장은 서울에 다 있다는 소리다. 서울에 쭉 살아오면서도 왜 우리나라는 모든 게 서울에만 몰려 있을까 궁금했었다. 미국, 러시아, 중국 같은 큰 나라는 어떻게 지방자치를 하는지도. 이런 걸 배우러 해외에 나와 있는 거라면 재미있게 열심히 배울 것 같은데.

두루두루 보는 것이 아닌, 내가 갈 길만 보겠다는 태도. '빨리빨리' 가고 싶은데 앞이 막혀 있네, 그러면 밀면 되지 하는 전형적인 한국스러운 태도도 이번 압사 사고에 한몫을 했을 것이다. 참 많은 생각이 든다. 유튜브에 '강한 자만 살아남는 90년대'라며 폭소를 빠앙 터뜨리는 영상이 인기인데, 그에 비하면 많이 달라져 왔지만 바꿔어야 할 것들이 아직 많아 보인다.

휴일이고 점심시간이고 봐주지 않는 업무 카톡 카톡 카톡. 이 카톡 지옥도 바꾸어야 할 것들 중 하나다. 최근 들어 소화가 도통 되지 않아 소화효소를 주문한 게 다 왜 때문인지. 앉아서 하는 일이니 망정이지 몸 쓰는 작업장에서 이랬으면 딱 사고 나는 거다.

그럼에도 우리는 더 나아질 수 있을까. 나아질 수 있겠지. 나아질 거라고 본다. 인류는 실수를 통해 발전해 나가므로.

어느 날 갑자기 시계가 달라지다

2022. 11. 2.

매년 3월과 10월, 아날로그시계가 디지털시계와 달라지는 날이 있다. 서머타임의 시작과 끝에 따라 시계를 핸드폰 시각에 맞춰 돌리곤 한다. 일광을 절약하는 건 좋은데 시간을 앞으로 당기나 뒤로 당기나 조삼모사 같기도 하고, 무엇보다 아직도 무진장 헷갈린다.

10월이 끝나면서부터 한국과의 시차가 8시간이 되니 왠지 고국과 더 멀어졌다는 심리에 쓸쓸함이 든다. 어둠까지 금방 내리니 부쩍 겨울이 가까워진 것 같다. 길거리에는 네덜란드의 연말&새해 음식이라는 올리볼렌을 파는 포장마차가 들어섰다. (네덜란드 음식이니까 설명 안 해도 알겠지. 똥 맛이다.)

신규 부임 직원도 벌써(?) 오신 지 2개월이 되었다. 혹시라도 위험한 일 겪지 마시라고 "센트룸 쪽은 해 지면 무서워져요." 알려 드리고, 겨울용품 빨리 구비해야 한다고 오지랖을 떨었다.
"그래요? 어두울 때 가면 안 되는구나…." 짧게 대화를 나누고 퇴근하는 길이 적막하기도 하다.

이번 겨울에는 마스트리흐트 크리스마스 마켓을 보러 가 볼까 한다. 이왕이면 근사하게 호캉스도 겸해서. 인근에 있는 동기들이랑 따뜻한 남쪽 나라로 휴가 가자는 약속은 지킬 수 있을지. 또 긴 밤 후에 다시 뜰 해를 기다려 보자.

막산다

왠지 현지인에 가까워지고 있다. 비에 젖어도 그저 그러려니 한다. 보슬비 정도는 우비에 달린 모자도 쓰지 않는다. 시야가 가려지고 소리가 잘 안 들리는 게 젖는 것보다 더 불편하다.

집에 뭘 두고 나온 게 엘리베이터 앞에서 생각났을 때는 그냥 신발 신고 들어가서 휘적휘적 걷는다. 신발장도 없고 현관도 없는 문화인데, 까짓것 실내에서 신발 좀 신으면 어떠냐 한다.

그래도 막살고 애들 막 키우기로는 현지인을 완전히 따라갈 수가 없다. 빗길에 미끄러지고 바람에 휘청대면서 왜들 그리 위태롭게 자전거를 타고 다니는지도 모르겠고, 애들은 찬 바람을 그대로 맞으면서도 엄마 아빠가 운전하는 자전거에 잘만 앉아서 간다. 신기한 노릇이다.

여기는 웬만한 병으로는 병원에서 약 처방도 안 해 준다고 한다. 자연 치유를 추구한다나 뭐라나. 해외 생활을 해 보면서 여태까지 의술도 한국만 한 나라가 없다고 생각해 왔는데, 어느 정도 몸을 방치하는 것과 구석구석 검사해 고쳐 내는 것 중 어느 쪽이 진짜 건강한 걸까 궁금해진다.

한국에 휴가 가서 건강검진 받은 지 딱 일 년 지났다. 매 끼니마다 채소 과일이 빠지지 않도록 나름대로 노력 많이 했는데…. 걷는 시간이 줄었고 물 마시기도 잘 실천이 되지 않는다. 건강에 대해서만큼은 너무 막살지 않게 의식해야 할 텐데. 그나저나 만병의 근원인 스트레스는 어째야 한담.

좁고 힘든 길

2022. 11. 8.

#한국어 열풍

이러니저러니 해도 한국이 대단한 나라이긴 한 게, 한국어를 배우고자 하는 외국인이 지금도 많지만 갈수록 더 많아지고 있다는 거다. 꿀꿀이죽 먹던 나라가 이렇게 위상이 높아질지 누가 알았을까. 배워 봤자 쓸 곳이 전 세계 중 '한국'밖에 없는데 왜 굳이 어려운 길을 가고자 하는 건지 이해는 잘 안 된다. 뿌듯하기도 하고 말리고 싶기도 하고 그렇다.

(한글을 좀 배워 보니 쉬워서 한국어까지 덥석 관심 가지려는 내 외국인 친구들 몇몇, 한글은 쉽지만 한국어는 헬이란다!)

네덜란드 레이던대학교 한국학과를 졸업하는 학생들은 대체로 한국 기업이나 한국 대사관에 취업하게 된다. 언어는 문화와 떼려야 뗄 수 없는 법. 한국학과 교수님들은 학생들에게 한국어뿐 아니라 두 손으로 물건 받기, 고개 숙여 인사하기 등의 한국 문화도 가르치신다. 좋은 문화만 배우면 다행이다. 한 명 한 명이 개개인으로서 중요한 문화권에서 자라난 학생들이, 틀리면 틀리다고 말할 줄 알고 '어쩌라고?'를 말할 줄 아는 학생들이 한국 직장에 취업해 '네네, 알겠습니다.' 문화에 젖어 드는 걸 보면 참 마음이 안 좋을 때도 있다만, 별 수 있나. (고생이 많다, 토닥토닥.)

길은 열릴 것인가

오늘 심리상담에서는 진로 고민을 얘기했다. 대학원을 어찌할 것인가! 그리고 보니 종교학을 배우려는 나도 마찬가지다. 왜 이런 인기 없고 특이한 학문을 배우고 싶은 건지. 졸업해서 손가락이나 빨지 않으면 다행인 것을. 나도 참 특이한 사람이다. 이래저래 고민이 많다.

그래도 길은 열릴 것인가. 투르크메니스탄 근무할 때 곧 죽어도 한국 유학을 가겠다고 열정을 보이던 한 학생이 있었다. 고진감래라는 사자성어를 가장 좋아한다며 우리 직원들 혀를 내두르게 하던 이 학생은 결국 국적도 버리고 외국인 신분으로 투르크메니스탄을 탈출했다. 고려대 붙은 걸로 아는데 잘 살고 있을지 문득 근황이 궁금해진다. 좁은 길도 좁은 길대로, 넓은 길도 넓은 길대로 도착점은 있을 터인데. 인간은 신이 아니라 앞을 볼 수가 없으니 답답할 노릇이다만, 고민해 보자.

1. 일단은 또 두통약 좀….

2. 소화효소, 효과 좋네.

3. 하지만 플라세보효과일 수도? 소화된다, 된다, 된다….

4. 된다, 된다, 된다. 다른 것도 잘된다….

빼빼로가 필요해

바람이나 쐬자 하고 떠난 하를럼 지역은 네덜란드의 다른 곳들처럼 아기자기하고 예쁘면서도 또 오히려 그래서 특색 없기도 했다. 여기는 노잼 천국, 한국은 유잼 지옥, 뭐 그런 말이 있던데 네덜란드를 겪으면 겪을수록 조금씩 이해되는 말이다. Frans Hals 미술관도 너무 기대를 하고 가서 그런지 생각보다는 노잼이었다.

작은 골목골목, 예쁘지만 쓸데없는 것들을 파는 여러 가게에서는 겨울에 있을 파티(신터클라스, 크리스마스 등)를 위해 파티용품을 구비해 놓았다. 견물생심을 자제하고 눈으로만 즐기기로 했다. 원래와는 다소 변질된 우리나라와는 달리 이곳에서 크리스마스는 가족 중심으로 즐기는 날이다. 아아, 자기들끼리 뭉쳐 놀고 나 홀로 외로워지는 계절이 찾아왔다.

흥, 너네만 노는 날 있냐. 한국도 재미있는 날 있다! 11월 11일은 빼빼로데이였다구! 상술이다 뭐다 비판도 많지만 또 어떻게 생각하면 신박하고 창의적이지 않은가? 대기업한테 돈 좀 벌어 주면 어떻다고. 경제라는 게 다 돌고 돌고 그런 거지. 이런 날이 하루쯤 있어 주는 건 재미있는 일이다.

스트레스가 심한 요즘(뭐 항상 심하긴 했지만서도…), 달달한 것들이 자꾸 생각나 고민이다. 동료 직원은 일도 힘들고 타향살이도 힘든데 군것질까지 자제하면 낙이 어디 있겠냐며, 대단한 장수를 할 것도 아니니 너무 빡빡하게 살지 말라고 하신다. 그것도 맞는 말이다. 몸 건강뿐 아니라 정신 건강도 건강이다. 가끔 나에게 재미있는 거 어디 없냐고 하실 때마다 항상 "맨날 똑같죠 뭐."라고 대답하지만, 정말이지 빼빼로가 되어 줄 무언가가 어디 없나? 진짜 맛있는 군것질거리든 달달한 사건이든 사람이든 어떤 것이든.

알고리즘을 타고 기원해 보는 행복

2022. 11. 16.

유튜브의 알 수 없는 알고리즘이 난데없이 중국 변검 공연으로 이 끌더니 또 난데없이 이은석 사건으로 이끌었다. 아마 〈그것이 알고 싶다〉 열심히 보는 걸 구글이 알았나? (근데 중국 변검은 대체 왜⋯.) 살인자지만 마냥 비난할 수만은 없는 너무 불쌍한 사람, 분명 천성은 순하게 태어난 사람인 것 같은데 기구한 삶이 너무 안됐다. 한 인간 을 멀쩡한 사회 구성원으로 만들기 위해 가정이 얼마나 중요한 것인 가 생각하게 하는 사건이다. 피해자나 가해자나 둘 다 불행하고 참담 하다.

동료 직원은 힘들어하면서도 빠르게 네덜란드에 적응하고 있는 것 으로 보인다. 네덜란드를 선진국으로 만드는 힘이랄까, 우리나라와 다른 '무언가'가 있다는 것을 느끼고 있으시다. (나도 그렇다. 다만 나 이가 있어서 그런가 나보다 빨리 캐치하시는 것 같다.) 특히 두 손 꼭 잡고 다니는 노부부들이 그렇게 좋아 보인다고. 노인들이 우리나라 랑 왠지 좀 다른 것 같다고 하신다.

이것도 내 멋대로 추측이지만, 우리나라의 경우는 결혼이 '남들이 하 니까 나도 해야 하는' 하나의 의무이자 반강제 사항이면서 독신이 마치 큰 불효처럼 취급되는 반면, 여기는 동거가 일반적이라 결혼은 그야말로 철저한 선택이고, 결혼을 한다는 건 진짜 사랑하고 책임지고 싶어서 하는 거라 부부의 모습에서도 그런 차이가 나오지 않나 싶다.

또 무슨 알고리즘인지 모르겠는데 난데없이 뜬 '충코의 철학'이라는 채널에서 '총체적 난국, 한국 교육'이라는 동영상을 보면 교육, 결혼, 저출산, 가정에 대한 굉장한 내용들이 분석되어 소개된다. 무릎을 탁 치며 봤다. 물론 사람 사는 건 똑같기에, 네덜란드에도 아내 때리는 남편이 있고 애를 길에 버리는 엄마도 있지만 각 나라가 겪어 온 역사와 환경과 이로 인해 비롯되는 전반적인 차이는 무시할 수가 없는 듯하다.

우리나라가 행복해져야 할 텐데. 이은석 사건에서 보듯이 폭력은 대물림된다. (그의 부모 역시 학대 피해자였다고 한다!) 사랑을 받아야 사랑을 줄 줄도 아는 법이라고 했다. 너무 팍팍하게 치이며 살아서는 사랑할 여유가 없다.

바뀌려면 시간이 걸리겠지만 사랑과 행복을 가르치고 배우는 나라가 되면 참 좋겠다. 사각지대 어딘가에서 고통받고 있을 제2, 제3의 이은석이 더는 있지 말아야지.

확장을 위한 여정

2022. 11. 17.

나 이제 에스프레소 먹을 수 있어!

'커피야 있으면 먹고 아니면 말고'인 나는 커피 쪽으로는 별 지식도 없어서 주로 카푸치노만 먹는 편이다. 우유에 든 칼슘이 커피에 부족한 영양소를 보완해 준다는 부정확한 정보를 어디선가 주워들은 탓이다. 그리고 나는 ISTJ 인간이라 어지간해서는 변화를 꾀하지 않는다! 그러다가 나보다는 커피를 잘 아는 동료 직원 따라 간판 깨기 하러 들어간 카페에서 생애 처음으로 에스프레소를 주문해 보았다. 그리고 도전은 성공적이었다! 애기 입맛을 가진 사람에게는 다소 쓰게 느껴질 농축된 원액의 맛. 왜 이탈리아 사람들이 아메리카노에 분노하는지 알 것 같았다. 사탕을 세상 제일 맛있는 음식으로 알던 꼬마가 커서 마늘도 먹고, 파도 먹게 될 줄 알았을 때의 작은 성취감(?) 비슷한 기분이다. 앞으로 즐길 거리 하나가 더 생겨 기쁘다.

즐길 거리를 더 찾아 떠나는 여정

해도 금방 지는 노잼인 이곳에서 어떤 취미를 해야 축 처지지 않을지, 더 나아가 인생의 즐거움과 풍요로움을 확장시켜줄 뭔가가 없을지 고민이 계속된다. 눈 뜨고 못 봐 줄 솜방망이 펀치지만 헥헥 대면서 어찌 저찌 복싱은 따라 하고 있고, 《안네의 일기》는 여태 초반부를 못 넘어가고 있다. 폰이 아닌 수첩에 손으로 글을 써 볼까 하는 생각도 해 본다. 생각만.

커피 마시고 나와 걷다가 들어간 가게에서 예쁜 다이어리를 팔길래 또 견물생심이 들었지만 참았다. 라떼만 해도 키보드 세대라 펜으로 글 쓰는 게 엄두가 안 난다. 에휴, 어릴 때는 경필 대회에서 상도 탔었는데 왜 이렇게 됐지.

또 별 수 없이 집어든 폰으로 유튜브를 본다. 이건 또 무슨 알고리즘인지 뜬금없이 타로 카드 채널이 뜬다. 한국에 있을 때 타로 카드 기초 수업만 들은 적이 있기는 한데 이걸 구글이 어떻게 알고…. 이쯤 되면 소오름이다.

일단은 한국 가면 타로 카드를 마저 제대로 배워 보고 싶다는 생각이 든다. 그래, 몰랐던 새로운 맛 하나와 새로운 목표 하나를 발견한 날이다.

내 황도 통조림을 받을 사람?

타로 얘기를 이어서 하자면, 이걸 심심풀이 운세 보기로만 치부할 수만은 없는 게, 점술가들은 하도 많은 사람들의 고민을 듣기 때문에 간접경험도 풍부하고 상담해 주는 내공이 장난이 아니다.

'약간파랑'이라는 타로 유튜버가 이런 질문을 던졌다. 누가 진짜 단골손님인가? 호프집에 맨날 와서 자리 차지하고 무료 리필 안주만 축내다 가는 사람? 가끔 오지만 주문도 많이 하고 매너 좋게 먹다 가는 사람? 사장 입장에서 황도 통조림 서비스를 준다면 누구에게 주고 싶겠는가. 첫 번째 손님을 잃을까 전전긍긍하지 마라. 그런 손님은 안 오는 게 나은 손님이다, 대충 이런 내용이다.

"스치는 인연을 붙잡지 말아야 필연을 만난다"(브런치 작가 윤영돈)는 글을 읽은 적이 있는데 비슷한 맥락이다. 나에게 제한된 수량의 황도 통조림이 있다. 누구에게 줘야 아깝지 않을지 현명하게 가려내야 하겠다.

나 이 유튜버, 마음에 든다. 구독 꾹—

네덜란드 사람들은 밤에 뭐 하나

2022. 11. 20.

이건 정말 아무리 알아내려 해도 모르겠다. 현지인들한테 물어봐도 빨래하고 집안일을 마저 정리하거나 그냥 쉰다고 하는 대답뿐이다. 애 키우는 집에서는 해가 졌다 하면 바로 애들을 재운다는 이야기는 익히 많이 들었다. 구글에 검색하면 실제로도 유럽 국가 중 네덜란드가 수면 시간이 제일 긴 나라라는 통계와 기사 자료가 뜬다. 어릴 때부터 잠을 많이 자서 사람들 키가 큰 것이라는 설도 있다. 퇴근길에 지나친 어떤 집 창문을 통해 불을 탁 끄는 장면도 본 적이 있으니 해지면 잔다는 게 진짜인 것 같기도 하다.

음식도 맛없어, 잠도 일찍 자, 대체 뭐 하는 사람들일까. 재미라는 걸 느끼고 싶지 않은 걸까.

에스토니아 친구도 이직 준비한다고 바빠서 혼자서라도 재미를 찾기 위해 하우다로 향했다. 고다치즈로 유명한 고다를 현지 발음으로 읽으면 하우다가 된다. 치즈 가게, 재래시장, 교회 건물쯤은 이제 식상하다. 이제 가야 할 곳 리스트에 브레다, 즈볼러, 마스트리흐트, 히트호른 정도가 남았다. 이제는 해가 짧아서 다니기에 쉽지 않다. 어두워지면 옴마야, 무서워. 아예 1박을 할 거 아니면 내년 봄 이후로 미뤄야 할 수도 있겠다. 평소 밤에는 그냥 지금처럼 유튜브 보고 책이나 운동을 깔짝깔짝하며 보내야 할 것 같다.

으, 춥다. 반신욕 하고 전기장판으로 들어가야지.

탐구하고 깔짝거리는 밤

화개장터가 내년부터 호남 상인들을 배제한다니, 하동을 좋아하는 나에게 너무 슬픈 소식이다. 이런 코딱지만 한 나라에서 지역감정이 웬 말? 다른 나라들이 갖고 있는 인종 갈등, 종교 갈등을 생각하면 그 게 그거인 것 같기도 하면서도, 영호남 갈등이 언제부터 어떻게 생겼 는지 알고 보면 우리나라 진짜 독특하고 재미있는 나라다. 구석구석 파헤치면 재미있는 것들이 많이도 나온다. 역시 나는 낯선 사람들 여 럿에 둘러싸이는 만남을 가지는 것보다 골방에서 한 가지 주제를 연 구하고 탐색하는 게 훨씬 즐겁다.

네덜란드 암스테르담에서 8월마다 열리는 게이 축제에서는 종교인 들이 테러 벌이는 경우가 있다고 한다. 정치적으로 이용되는 우리나 라 지역감정이랑은 조금 성격은 다르지만, 어딜 가나 100% 평화는 교 과서 속 이야기인가 보다. 게이 축제에도 가 봐야지 가 봐야지 하면서 올해는 다른 일정이 겹쳐 못 가 본 게 아쉽다.

시간적 자유가 주어진다면 추수감사절도 몸소 체험할 텐데, 또 글 로만 배울 뿐이다. 유튜브로 뜨개질을 독학해 볼까 한다. 다이어리와 색색깔의 펜도 샀다. 그날그날 어떤 꿈을 꿨는지 '꿈 일기'를 기록하다 보면 심리 상태를 읽을 수 있다고 어디선가 들었다. 매일 새벽 2—3시면 깬다. 누군가에게 쫓기다가 더는 못 도망칠 것 같아 죽이는 꿈을 꿨다. 꿈 내용이랑 어디선가 주워듣는 좋은 글귀들, 매일 뽑아 보는 타로 카드의 의미들을 기록해 보려 한다.

이렇게 하다 보면 올 겨울도 그럭저럭 견디겠지.

(소설) 갈비찜이 되어 버린 소

2022. 11. 26.

소는 쥐어짜일 대로 짜여 버린 젖이 너무 아팠다.

곧 죽음을 직감했다. 한편으로는 빨리 죽어 버리면 이 고통도 끝날 거라 생각했다.

"…저는 이제 어떻게 되나요?"

사람이 대답했다.

"영원한 안식의 세계로 가는 거야. 넌 잘라질 거고 양념이 될 거고 끓여질 거야. 뼈와 내장, 가죽, 꼬리까지 모두 다 헛되이 버려지진 않을 거야. 내가 그건 약속하지."

"저는 항상 박제가 되어 광장에 세워지기를 꿈꿨어요. 그러려고 열심히 일만 했고요."

소는 억울해서 음메 음메 울었다.

"기억되고 싶은 거로구나. 하지만 때로는 조용함이 요란함보다 강렬한 법이지."

소는 한참을 생각하더니 끄덕였다.

"알겠어요, 그럼… 아프지 않게만…."

"그래. 넌 많은 사랑을 받을 거야. 그동안 수고 많았다."

소는 갈비찜이 되었고 갈비찜은 똥이 되었고

똥은 비료가 되었고 비료는 새 초원이 되었다. 늙은 소들이 떠난 자리에는 어린 송아지들이 뛰어놀았다. —끝

1. 네덜란드는 세계 최초로 안락사를 합법화한 나라! 역시 네덜란드답다, 다워.
2. 대신에 조건이 무진장 까다롭다. 네덜란드 정부 홈페이지에 조건이 명시되어 있다.
3. 죽음이란 무엇일까. 괜히 갈비찜 먹고 미쳐 버린 상상력 발휘.
4. 넘모 마시써. 갈비찜 조아.

지피지기면 허허 하고 넘어간다

2022. 11. 29.

모르는 게 약이라더니, 실버피쉬는 어디에나 살 수 있다는 걸 알고 나니 괜히 몸이 근질근질하고 기분이 좋지 않다. 당장 눈에 안 보인다고 다행인 게 아니다. 이것들을 퇴치하려면 식초나 라벤더 오일 섞은 물을 뿌리면 좀 효과가 있다고 한다. 지피지기면 백전불태(知彼知己百戰不殆)라. 벌레가 어떤 걸 좋아하고 어떤 걸 싫어하는지 알아야 퇴치가 가능하다. 이럴 때는 또 아는 게 힘이다. 스프레이 공병부터 마련하고 당장 실행에 옮겨야겠다. 세스코 같은 회사가 네덜란드에도 있는지 한인 커뮤니티 통해 알아보는 것도 좋겠다.

그런데 혐오스럽기는 사람도 마찬가지다. (아니, 어쩌면 벌레보다 더 다루기 어려울 수도 있다.) 욱하는 사람은 왜 그리 매사에 화가 많은지. 알고 보면 예민도와 불안도가 매우 높아서 그렇다. 그럼 왜 불안해하느냐. 무능해서 그렇다. 자기가 이미 잘 아는 분야라면 걱정될 게 없고 여유가 있으므로 예민해질 이유도 없다. 그러니 왜 욱하는지 이해를 하고 나면 불쌍한 사람이다. 본인이 본인 스스로를 이해하고 성찰한다면 좋으련만, 무리한 기대겠지.

정말이지 너무 힘들지만 허허 하고 참자, 참아.

(시) 굳은 살

2022. 11. 30.

벗어나려 해
밀어내고 밀어내도 더께더께 감싸 오는 너
그런 너의 과보호가 나는 부담스럽다

숨 막히는 사랑에 익숙해져
이제 네가 없이는 나는 연약한 존재

숱한 생채기를 겪고도 헛헛한 살갗은
결국 또 너를 찾았다

넌 그냥 내 일부였다

(시) 사무실 진화론

2022. 12. 2.

하등동물을 동경하던 인간은 아메바 아니면 바다 생물을 부러워한
나머지

거북아 거북아
너는 어찌 물과 땅을 자유로이 넘나드느냐
내 사슬을 줄게 자유를 다오

그러다 온몸엔 파충류의 각질이 돋고
굽은 등에 껍질이 생기더니
목이 앞으로 앞으로 쭈욱
화면 속을 유영하는 것이었다

속상하지만 갈 길을 가자

2022. 12. 7.

해외에 나와 보니 우리나라가 좀 더 다각도로 보이는 게 여러 가지 있다. 속상한 것들이 있다면

1. (일부지만) 남한과 북한을 헷갈려 하는 사람들이 있다는 점,
2. 어쩐지 국가 이미지가 일본에 비해 2% 부족한 것 같다는 점이다.
   (그리고 우리는 축구를 못한다는 점도⋯.)

2번의 이유는 무진장 궁금하다. 일본은 분명히 대단한 나라다. 비결이 뭔지?!!

1번은 뭐⋯, 잘 모를 수도 있겠거니 한다. 다른 나라 역사를 다 알기란 어려우니까.

(마찬가지로 네덜란드 사람들은 네덜란드랑 독일을 헷갈려 하는 사람들이 종종 있어서 속상하다고 한다. '도이칠란트'와 '더치'의 발음이 비슷해서 혼동하는 사람들이 있다고 한다.)

그래도 우리가 얼마나 대단한 나라냐 하면 일제강점기를 그렇게 오래 겪고도 우리말과 글을 지켜 냈다는 거 하나를 꼽겠다. 식민지 경험 있는 나라 중에 이런 나라가 없다. 짝짝짝— 그리고 나라 같지 않은 나라랑 비교할 건 아니지만, 남한 드라마 돌려 봤다고 공개 처형시키

는 북한에 비하면 얼마나 행복한 나라인가.

요즘 일상으로 주제를 좀 바꾸자면…, 《안네의 일기》는 포기다, 포기. 아, 나 원래 이런 사람 아닌데. 너무 진도가 안 나간다. 그리고 미안한 얘기지만 일제강점기 피해자 수기나 증언에 비하면 평탄하다고 느껴져서인지 노잼이다.

현지인 친구가 그거 어려운 책이라고 말해 줬다. 나는 내가 바보라서 어려운 줄 알았는데 그렇게 말해 주니 다행이다.

대신에 만화책을 보기로 했다. 마스트리흐트 서점에서 사 온 《데스노트》! 쉽게 재미있게 읽자. (이것도 굉장히 철학적인 요소들을 담고 있어 절대 쉬운 책만은 아니다. 만화라고 무시하지 말라!) 근데 이 《데스노트》, 애니메이션으로도 유명해서 네덜란드에서도 한때 일본 문화의 일부로서 열풍이었다고 한다. 역시 만화 하면 일본, 일본 하면 만화. 그에 비하면 한류는 이제 시작인 편. 음, 조금 속상하지만 우리는 우리대로 묵묵히 갈 길을 가면 되겠지.

(시) 각성

2022. 12. 9.

노인들이 담소를 나누는 그야말로 유럽식 카페에서 에스프레소를
홀짝거리면서

나도 빨리 노인이 되어서 저렇게 낮 시간을 충분히 즐기고 싶다―
하는 순간 문득, 강력한 카페인이 혈관을 타고 뇌를 톡 건드렸다

앗, 쓰다 써

커피의 본질은 에스프레소였음을

에스프레소 없이는 아메리카노도 카푸치노도 카페라테도 만들어
지지 않는다는 것을

쓴 맛을 이제야 알아 가던 젊은이는 깨달았다

자신을 잃지 않으면서도 물과도 우유와도 싸우지 않는 어른이 되어
야겠다고

요리 보고 조리 보고

2022. 12. 12.

둘리~ 둘리~를 부르려는 것이 아니라, 네덜란드라는 나라를 알아가는 것을 넘어서 동양과 서양의 전반적인 차이를 점점 보게 되는 것 같다.

일요일은 하루 종일 '일본의 날'을 보냈다. 의도한 건 아닌데 에스토니아 친구랑 놀다 보니 일본 카페, 일식당을 가게 되었다. 유럽은 노천카페 문화가 발달해 있다. (이유가 있을 터인데, 그것이 알고 싶다.) 일본 카페는 아기자기하고 자그마한 인테리어 소품들이 가득하다. 네덜란드 카페는 이만큼 귀엽지는 않다.

같은 맥락인지 모르겠는데, 인형 좋아하고 귀여워 보이려고 노력하는 게 '아시아 여자들'만의 특징으로 인식되고 있다는 느낌을 많이 받았다. 그런데 동양권에만 있다는 애교 문화가 이쪽에서는 놀림감이라고 한다. 현지인 친구는 K─드라마에서 다 큰 여자들이 애교 부리는 게 굉장히 보기에 불편했다나. 스무 살 되자마자 (또는 그 전에) 독립하는 문화라 그런지 '어른스러움'을 추구하려는 게 보편적인 것 같다. 다 커서도 귀여운 거 좋아하는 여자는 어딘가 발달이 덜 된 사람으로 여겨진다고 한다.

남자들이 수염을 기르는 것도 역시 마찬가지다. 또 다른 현지인 친구도 수염 없으면 너무 어려 보일 것을 걱정했다. 한국 사람들이 수염을 지저분하게 생각해서 열심히 면도하는 거랑 참 다르다. 아니 근데 그렇게 성숙해 보이고 싶어 하면서 한편으로 한국 사람의 동안을 부러워하는 건 또 아이러니이긴 하다. 뭐 그냥 적당히 제 나이로 보이고 싶어 하는 것이려니 하자.

친구가 크리스마스 선물이라며 일본 과자 세트를 나에게 주었다. (나는 뜨개질로 직접 만든 손가방과 목도리를 줬다.) 확실히 유럽권

에서는 일본이 더 유명하고 호감도가 높다. 속상해, 속상해. 자꾸 이러니까 나 무슨 일본에 콤플렉스 있는 사람 같은데 그건 아니고. 아무래도 우리랑 제일 비슷한 나라이다 보니 어떤 것의 지표를 삼을 때 일본을 기준점으로 하는 건 어쩔 수 없는 듯하다. 과자 상자에 쓰인 말처럼 'Discover Japan' 해 보겠다. 일본인들, 분명히 영리하고 근면한 사람들이다.

검소한 네덜란드 사람들은 무엇을 먹을까

이건 네덜란드 음식이 얼마나 처참한지 보여 주는 사진. 맛은 안드로메다로 갖다줘 버리고 배만 채우려는 실용성만 남았다. 이런 걸 밥이라고 먹는다니…. 시간 절약 하나는 확실할 것 같다. 대단해.

그래도 월드컵이라고 이런 것도 달아 놓고 열심히 응원하는 사람들
이다.

네덜란드, 이제 정이 들어간다. 내가 익숙해진 건지 이상기후 탓인
지, 날씨도 그렇게 혹독하지만은 않다. 더 열심히 놀러 다녀야지.

* 공부해 볼 것
　— 유럽 노천 문화에 대하여
　— 마차, 센차, 호지차의 차이
　— 일본의 차 문화

플러스와 마이너스

2022. 12. 16.

 반신욕 하느라 물을 많이 쓰는 것 같은데도 수도 요금을 환급받는다. 혼자 사는 게 좋긴 좋다. 그러다 또 이때 사는 게 이득이다 싶은 게 있으면 화끈하게 장만한다. 통장은 플러스마이너스를 반복한다. 이렇게 돈은 있다가도 없고 없다가도 있는 법이다. 장 보는 게 평소 소소한 낙이고, 오늘처럼 질 좋은 신발을 40% 세일하는 날에는 두 켤레 정도는 질러 준다.

"이야, 거의 거저인데요? 이런 건 사는 게 이득이에요."라며 부추기는 동료 직원에게 "저 이러다 사직서 못 쓰는데 어떡하죠."라고 농담하며 둘이 까르르까르르. 인간이 신내림을 거부할 순 없다더니 지름신 강림하심에 무릎 꿇고 말았다. 가끔 이렇게 소비하며 기분 전환하는 게 장기적으로 인생에 플러스가 될지 마이너스가 될지는 살짝 궁금하다. 좀 더, 조금만 더 안 쓰면서 즐거울 방법은 없으려나. 아닌가, 쓰면서 살아도 되는 건가? 돈을 쓰고도 싶고 모으고도 싶으니 이것 참 난감하네!

*

오랜만에 반가운 C 선배로부터 메신저 연락을 받았다. 자긴 새로운 부서가 너무 힘들다며 내 근황과 희망 사항을 물었다. 나는 종교학에 여전히 관심 있다고 대답하며 "거지를 자처하려고 하네요." 했다. C 선배 왈, "가난한 자여, 빈곤한 만큼 영혼을 살찌우리니!"

그렇지, 플러스와 마이너스는 함께 가는 법. 기회비용이란 녀석, 쉽지 않구나!

(시) 틀 속의 외침

2022. 12. 18.

봐 봐 쟤 좀 봐 봐 나랑 쟤는 다르잖아

쟤는 국화빵이래 국화 향도 안 나는 게

쟤는 오방떡이래 눈 코 입도 없는 게

우습지 않아? 저것들도 팥빵이래

나를 봐 봐 지느러미가 달렸잖아

멋있지 않아? 남다르잖아

남과 다르게 살아야 하잖아

나 좀 봐봐 개성 있잖아

남과 달라지려고 틀에서 뜨거운 것도 참았잖아

나 특별하지 않아?

나 특별하지 않아?

나는 어때?

나는?

나는?

항암물질로 해독하기

2022. 12. 18.

작년에는 길이 얼지는 않았던 것 같은데 올해는 좀 심각하게 얼었다.

이래서 네덜란드가 스케이트 강국이로구나!

몸을 한껏 움츠리고 집에 가는 길, 한국인 아니랄까 봐 국물 요리가 생각났기에 중식당에 후닥닥 뛰어 들어갔다. 서양에서 국물 요리라 하면 고작 수프인지라, 추울 때는 중국식 면 요리 아니면 일본 라멘을 찾곤 한다. 정말이지 밥에 국을 당연히 함께 내어 주는 식문화는 한국

말고 잘 없다. 그래서 국물을 먹고자 하면 국수를 시켜야 하지만 밀가루 대신 제발 쌀을 먹고 싶고…, 결국 오랜 고민 끝에 덮밥과 뜨거운 차 조합을 선택했다.

국을 달라!

중국 음식답게 기름기가 좀 있는 편이다. 이렇게 먹고 나면 다음 끼니로는 왠지 건강식이 필요하다고 몸이 느낀다. 그럴 땐 항암물질이 많다는 아보카도와 토마토만으로 가볍게! 이렇게 몸은 영양 균형을 잡아 간다. 몸이 건강한 게 제일 최고다. 그래야 정신도 맑아지고 일도 열심히 할 수 있다. 사실 요즘 하루하루 '갬덩'을 받고 있다. 일에 대해 열정도 많고 적극적인 우리 '항암물질' 직원들 덕분에. 뺀질이 같으면 "제가 할 일 없을까요? 시켜만 주세요."라고 할 수 있을까? (요즘 MZ세대 개념 없고 일하기 싫어한다고 누가 그래?!)

메일 쓰는 거 하나만 봐도 능력자인지 아닌지 바로 안다. 요점 딱, 용건 딱.

아이디어도 무궁무진, 내가 깜빡하는 부분들 챙겨 주고 말해 주니 어떻게 고맙지 않을 수가.

늦은 저녁에 행사 끝났으면 피곤한 티 낼 법도 한데 솔직히 좀 나중에 해도 되는 뒷정리를 끝까지 마치고 집에 가더라. 남직원에게 미루지도 않고 책상이며 의자며 번쩍번쩍. 나 역시 어르신이 하자는 대로 해야 하는 입장이라, 이들의 신박한 아이디어를 실현시키지 못해 미안할 때가 있다.

발암물질들한테 하도 시달리다 보면 우리나라가 이만큼 돌아가는 게 신기할 지경인데, 해독 작용해 주는 항암물질들이 있는 덕분이었다.

(시) 계란을 요리하는 자에게

2022. 12. 19.

계란프라이라고 노른자가 반드시 볼록해야 한다는 생각을 버려라

어른들은 그랬지, 옛날에 계란이 다 뭐냐
집안의 남자 어른이나 먹는 거였다
우리 때는 지독하게 가난하게 살았다
너는 출세하라고, 꼭 성공해서 번듯하게 떵떵거리며 살라고
마치 곱고 매끈한 저 계란 껍질처럼 말이야

그렇지만 말이야
곱게만 살아서는 세상을 다 알 수 없는 법이다
평생을 갇힌 병아리가 되지 않으려면 아드득 깨져야만 한단다

그러니까 노른자가 터졌다고 무너질 일이 아니다
엎치락뒤치락 익혀서 지단으로 만들면 되거든

시계 뜯어보기

2022. 12. 20.

성실한 태엽은 피곤하다.

혼이 나도 한 귀로 흘리는 멍청이 태엽은 천하태평 하고 행복하다.

평범한 태엽은 투덜대며 평생을 태엽으로 살고,

똑똑한 태엽은 눈먼 태엽과 대립각을 세우다 눈 밖에 나고 만다.

그러다 지치면 평범한 태엽으로 전락하거나 시계를 아예 떠난다.

열정적인 태엽은 적극적으로 해 보려다가 사고를 치고, 게으른 태엽은 아무것도 안 하니까 아무런 사고도 발생하지 않는다.

무능한 태엽은 주변에 적이 없다.

유능한 태엽이 무능한 태엽을 가르치려 하면 세상은 유능한 태엽더러 이해심이 부족하다 한다.

위에 있는 태엽은 외롭다. 불안하고 겁이 많다.

그래서 "지당하십니다."를 말해 주는 태엽을 좋아한다. 간신배 태엽이 생존하는 비결이다.

시간을 알리는 데 책임이 큰 건 시침이다. 분침은 45분이든 47분이든 대충 언저리에만 붙어 있으면 문제없다. 세상 사람들은 시침으로 시간을 판단한다.

일본이 독도 영유권을 주장했다. 붕어빵 만들고 장어덮밥 만드는 사장님들은 아—무 관심이 없어 보이던데. 가게 인테리어를 더 예쁘게 바꿔 볼까, 신메뉴를 개발해 볼까, 어떻게 손님을 더 늘릴까에 관심 있다.

이슬람교 믿는 사람들은 자기가 수니파인지 시아파인지 잘 알지도 못한다. 돼지고기를 먹는 어떤 무슬림은 "종교를 믿음에 있어 무엇을 먹느냐가 중요하지 않다. 바르게 사는 것이 중요하다."라고 했다. 또 어떤 무슬림은 "이웃을 사랑하지 않으면 무슬림이 아니다."라고 했다.

언제나 시침이 문제다.

(소설) 까만 당의정

2022. 12. 22.

    열두 살 캄쿰바는 농장에서 돌아오는 길이 가볍기만 하다. 오늘은 1달러나 벌었기 때문이다. 동생에게 옥수수죽을 해 줄 수 있어 두 시간 거리가 힘들지 않다. 일곱 살 자일라는 학교에 다니기 시작하더니 부쩍 말이 많아졌다.

"오빠, 단맛이 나는 약이 있대."

"그런 약이 어디 있어."

"진짜야. 선생님이 그랬어. 맛있겠지? 오빠, 나는 이담에 의사가 될 테야."

    캄쿰바는 낮에 카카오 건조 작업을 하며 맡았던 쓴 향을 떠올렸다. "많이 많이 따라고. 이게 얼마나 돈이 되는지 알기나 해?" 윽박지르던 농장주 아저씨의 괄괄한 목소리도 귀에 맴돌았다. 캄쿰바는 쓸 것만 같은 이 투박하고 못생긴 열매가 왜 그리 많이 팔린다는 건지 알지 못했다. 마치 당의정마냥 달콤한 간식으로 둔갑한다는 말만 얼핏 들었을 뿐, '그 간식'을 본 적도 만져 본 적도 없기 때문이다.

    '넌 점점 아는 게 많아지는구나….'

    옥수수죽을 후룩후룩 떠먹는 자일라를 보며 캄쿰바는 씁쓸함과 달콤함을 동시에 느꼈다. 동생을 위해 앞으로 얼마나 더 많은 카카오를 따야 하는지 알 수가 없다.

"오빠, 오늘은 배부르다. 오빠 최고야!"

캄쿰바는 침샘에서 쓴 침이 올라오는 걸 느낀다.

'단 알약이 있다면 나도 먹고 싶네.'

쌉쌀한 노동의 상처를 홀로 보듬어 보고자 '달다, 달다, 달다…' 속으로 되뇌며, 내일도 농장까지 두 시간을 걸어야 하는 캄쿰바는 "이제 얼른 자라. 빨리 커서 의사 되려면."

네덜란드의 공정무역 초콜릿

로마(?) 여행 첫날

2022. 12. 24.

크리스마스라고 하면 왜인지 바티칸이 메카 같은 느낌인지라, 이번 겨울 휴가는 바티칸으로 오게 되었다. 그리고 '바티칸에서 크리스마스 맞이하기'는 버킷 리스트 중 하나이기도 했다는 거! 다만 쪼꼬미 나라라서 로마나 바티칸이나 거기가 거기 같고, 실제로 대단한 국경 같은 개념이 있는 것도 아니라 엄연히 별개의 나라임에도 불구하고 그냥 로마 여행이라고 치겠다.

첫인상으로는 못사는 나라라는 느낌을 받았다. 몰타 때랑 비슷한 느낌이었다. 이탈리아 북부는 좀 더 세련된 느낌이라는데 여러 곳을 다 못 가 보는 게 아쉽다. 언젠가 또 이탈리아를 와 볼 기회가 있기를 바라며…. 여기저기를 걷다 보니 전체가 다 유적지다. 꼭 판테온이나 콜로세움이 아니라도 길거리에 널린 게 죄다 유물, 유적이니 이탈리아 사람들은 조상을 참 잘 만났다.

이탈리아 가죽이 좋다고들 그러길래 궁금했는데 진짜인 것 같았다. 발길 닿는 대로 들어가 본 가방 가게에는 꽤 크기가 컸음에도 무게가 종잇장처럼 느껴지는 가방이 있었다. 이탈리아는 왜 가죽 기술이 발달했을까? 알고 싶은 게 하나 더 늘었다.

주목적지인 바티칸과 본격적 여행은 내일부터지만, 성급하게 단정 짓자면 과거 로마제국에 비하면 지금의 이탈리아 위상은 그냥 그저 그런 나라다. 그래도 가죽이랑 유적지로 먹고사는 거 보면 사람이나 나라나 정말 같다.

　잘난 사람은 제 능력으로 먹고살고
　거지는 구걸해서 먹고살고
　죄지은 자는 교도소에서 주는 밥 먹고 산다.
　누구든 어떻게든 먹고는 산다.
　여행 첫날 느낀 점이다.

여행 끝, 단순 나열해 보는 일기

2022. 12. 27.

3박 4일간의 짧은 여행을 무사히 끝냈다. 세상에서 제일 작은, 그러나 웅장함에 압도되었던 바티칸시국을 보았고 로마의 극히 일부의 일부를 보았다. 이탈리아 전체를 사람 몸으로 치자면 새끼발톱 하나쯤 구경한 셈이랄까.

날이 날이었던 만큼 바티칸에는 교황님 보려고 모인 인파가 가득했다. 이탈리아는 소매치기로 악명 높다는 말을 귀에 딱지가 앉도록 들었기에 (그리고 나는 이태원 압사 사고를 뉴스로 접한 적이 있는 터라) 10% 정도는 걱정도 되었지만 신기하게도 자연스럽게 질서가 유지되었다. 밀치거나 큰 소리 내는 사람이 아무도 없었다. 역시 세상에는 평범한 사람들이 절대다수라고 희망을 가져 보았다.

박물관 들어갈 때에는 어떤 가족으로 보이는 사람들이 내가 한국인인 걸 알고는 "BTS? K—pop!!" 하며 박수를 치고 만세를 하기도 했다. 10대로 보이는 딸이 나에게 이것저것 묻길래 내향인인 나는 기가 빨릴 뻔했으나, 뿌듯함도 동시에 느낀 순간이었다.

박물관 전시물에는 카이사르, 브루투스, 네로…, 익숙한 이름들이 등장하고, 내 세계사 지식이 바닥 수준인 것에 살짝 원통했으나 대단한 나라였다는 것만큼은 확실히 알 수 있었다. 과하다 싶은 느낌도 있었지만 그런 화려한 유물들을 남기지 않았다면 후세 사람들은 알 길이 없다.

그런 아름다운 장소 앞에서 잡상인들이 희한한 장난감들을 파는 광경은 조금 어색했다. '왜 저런 쓸데없는 걸 팔지?' 파는 사람도 사는 사람도 신기하다. 그런데 이 잡상인들도 열이면 열 흑인이었다. 흑인들은 안정된 직업을 가지기가 힘든가 보다. 그렇게 생각하니 또 달리 보인다. 나라도 타국에서 한 푼이라도 벌려면 잡상인 노릇부터 시작할 것 같다.

누구는 평생을 공들여 명화와 조각을 남겼고 누구는 폭군과 주지육림의 대명사로 기록되었다. 세계의 평화를 기원하며 미사를 집전하는 와중에 길에서 장난감을 팔아야 살아지는 사람이 있다. 누구는 명품 매장에서 프라다를 사들이고 누구는 굶주리고 누구는 총을 쏘며 싸우고…, 참 재미있는 세상이다.
(그래서 사실 아기 예수가 구유로 옮겨질 때도 '그래서 뭐…? 성탄이 무슨 소용?'이라는 생각을 했다는, 나 너무 회의적인가?)

어쨌거나 버킷 리스트를 이루게 되어 대만족스러웠던 여행이다. 이탈리아는 여러 번이고 다시 가고 싶은 나라가 되었다. 모든 길은 로마로 통한다는 말이 왜 나왔는지 알게 된 이번 여행. 정말이지 모든 것들이 너무 풍부하다. 다른 지역까지 다 보려면 평생도 아마 모자라지 않을까.

　이제 하루 쉬고 프랑스로 이동하자. 음식에 거는 기대가 크다. 이탈리아 음식도 맛있었는데 프랑스 음식은 중국 음식과 함께 양대 산맥이라고 하니. 버스 파업만 있지 말아라 제발—

2023년 새해―8월

현실 자각

2023. 1. 1.

마치 신데렐라가 유리 구두를 벗어야 하듯, 일정 시점을 기준으로 현실로 돌아와야 하는 때가 있다. 12월 31일, 오늘이다. 바티칸과 프랑스에서의 겨울 휴가는 끝났고 나는 네덜란드에 살고 있다. 여행 여운을 길게 느껴 보고자 헤이그 파스타 맛집을 가려 했지만 비바람 때문에 포기했다. 어째 중간이 없다. 어딜 가도 어느 하나가 좋으면 다른 하나는 안 좋다. 그게 현실이다.

같은 유럽이면서도 여기와 사뭇 다른 프랑스는 (상대적으로) 민도가 낮고 정신없지만 그것대로 사람 사는 재미가 있어 보인다. 지하철은 지하 감옥 같고 거리에 개똥 냄새가 나면서도, 한 발짝 더 걸어가면 향긋한 마들렌 냄새가 풍겨 오는 아기자기한 카페가 있다. 역시 디저트 강국이다.

일주일 만에 돌아온 헤이그에서는 새해를 알리는 불꽃이 하늘에 펼쳐지고 있다. 감성적인 사람은 못 되어서 그런지 새해라 해도 별 감흥이 없다. 1월 1일을 새해로 하자고 인류가 임의로 약속했을 뿐, 특별한 날인 이유를 나는 잘 알지 못한다.

여독을 다 풀고 나서 또 평소처럼 현실을 살아가려고 한다. 사람 사는 게 별 거 있나. 글도 계속 쓰고 그래야지. 일기인지 수필인지 뒤섞인 듯한 글로 시작했다가 최근에는 되지도 않는 시와 소설까지 써 올리고 있다. 어떻게든 되겠지.

새로운 버킷 리스트가 또 생겼다. 이탈리아 전국 일주. 네덜란드 사는 동안 이뤄야 할 것 같아 마음이 좀 급하다. 올해 안에 또 뭘 할지 생각하는 시간이 필요하다. 내가 살고 있는 현실을 찬찬히 찬찬히 살펴보자.

비교해 볼까

신교 문화권인 네덜란드에서 산책을 하다 보면 교회 건물을 흔하게 본다. 상징물이나 스테인드글라스 같은 것들이 없어서 한눈에 티가 나진 않는다.

바티칸 갔을 때 느꼈던 거, '저거 짓느라 얼마나 많은 사람들이 죽어 나갔을까.' 구교의 유물들은 정말 과도하게, 지나치게, 심하게 화려하다. 아마 검소하고 간소한 형태의 종교가 당시에는 절실했을 것이다. 우리나라 사람들은 교회랑 관련된 거라면 싫어하는 경향이 있는데 비교를 하다 보면 안 보이던 장점이 보이곤 한다. 뭐든지 그렇다.

산책길을 함께하는 동료 직원에게 또 이런저런 이야기를 들었다. 어떤 지인이 믿었던 친구에게 4억을 사기당했다가 어렵게 재기했다는 이야기. 그에 비하면 우리는 얼마나 지금이 평탄하냐는 것이다. 남의 불행을 보고 행복을 느끼는 거 아니라지만 힘들고 화날 때마다 떠올리면 위안이 될 것 같다. 그리고 나한테 이런 말도 자주 하신다. "자기 자신이 몰라서 그렇지, 얼마나 행복하신 건데요. 나는 애도 있고 나이도 있어서 맘대로 못 하잖아요." 내가 누군가에게는 부러움의 대상이라니!

불행도 행복도 비교에서 나오는 법이라는데 때때로 적절히 비교를 활용해야 할 것 같다. 몰랐던 나은 점들을 금덩이 캐내듯 찾아내면 좋겠네!

그냥 요즘 생각들

2023. 1. 11.

먹방 유튜버도 제명에 못 사는구나. (유튜버랑 똑같은 대창 사 먹고 탈 났으니 책임지라는 댓글러가 있었다고 한다.)

나이에 맞는 옷차림이 있다. 청바지 입은 내 모습이 이제는 왠지 어색해 보인다. 따흑.

정약용이 유배를 당하지 않았다면 이름이 길이 남을 수 있었을까. 너무 멋진 사람이다.

처음 먹었을 때 '우와!' 했던 트러플 파스타도 몇 번 먹다 보니 그냥 그렇다. 과학적 용어로 설명하자면 역치가 높아진 셈이다. 좋은 걸 가까이하다 보면 더 좋은 걸 추구하게 된다. 이러다 눈이 자꾸 높아지면 어쩌지.

헤이그 유명 맛집 트러플 파스타

명언 제조기이신 동료 직원에게 물은 적이 있다.

불교에서는 사람을 동물보다 더 좋은 걸로 치는 이유를 모르겠다고. "동물은 원초적으로 서로 죽이고 죽는 삶만을 사니까…."라고 하셨다.

"계란으로 바위를 깰 수는 없어도 바위를 더럽힐 수는 있다."라는 명언도 남기셨다. 멋있다, 정말. 이런 게 어른이지.

유튜브로 '5억 년 버튼'이랑 '거여동 밀실 살인사건' 찾아봐야지.

안 입는 청바지는 수선집에 맡겨서 가방으로 리폼해 볼까 한다. 재미있을 것 같다.

(시) 이건 훈장이야

2023. 1. 13.

점박이라고 놀리는 넌,

누군가에게 달콤함을 선사하기 위해 인고해 봤니?

젖은 머리를 하고 뻘뻘거리기

2023. 1. 15.

마치 김 첨지가 아내를 위해 설렁탕을 사 오던 날처럼 비가 내리는 날이다. 내릴 거면 깔끔하게 확 폭우가 내려 버리고 금방 그치면 좋을 텐데. 다행인 건 비가 깨끗한 편이라서 맞고 다녀도 된다는 안도감이 든다는 거다. 역시 나처럼 우산 없이 막 다니는 현지인들. 새삼스러운 얘기지만 이게 일상이라 태연한 얼굴들이다. 다른 점이 있다면 키와 체격. 나는 바람이 칠 때 걸음도 못 걷고 휘청하지만 이들은 끄떡없다.

(이곳 바람의 강도를 보다 잘 이해시키자면, 맞바람이 칠 때는 숨이 안 나가 질식할 것 같은 기분이 든다. 이때는 재빨리 뒤도는 게 요령이지만 그것도 쉽지 않다.)

'즈볼러'라고 하는 작은 도시 풍경

어느 지역을 가도 네덜란드 정부가 도시와 자연을 공존시키고자 노력하고 있다는 인상을 많이 받는다. 공기가 정말 좋다. 아무튼 쫄딱 젖은 꼴을 하고 나는 어디를 그렇게 돌아다녔을까.

위트레흐트에 위치한 미피(Miffy) 박물관에서는 미피 캐릭터를 이용한 인형, 냉장고 자석, 티셔츠, 동화책, 퍼즐, 그림 등 각종 미피 기념품들을 볼 수 있다. 분명 네덜란드 작가가 만든 네덜란드 캐릭터인데 어떤 미피는 일장기를 들고 있다. 다른 나라 국기 그림은 안 판다. 왜? 대체 왜? 한국인인 내가 이런 궁금증은 또 못 참지. 판매 직원에게 물어봤다. 미피는 일본에서 '주일본 네덜란드 대사' 정도의 유명세를 누리는 인기 캐릭터라고 한다. 만화 좋아하고 타국 문물에 개방적인 일본인 특징, 마찬가지로 개방적인 성향의 네덜란드인 특징이 잘 맞아떨어진 덕분인가 보다. 두 나라 모두 옛날부터 외부로 뻗어 나가려고 했다.

그렇다면 네덜란드 사람들은 식민지 침략 역사를 영광스럽게 생각할까, 부끄럽게 생각할까. 이거 사실 엄청 궁금한데 누구한테 물어보기도 민감하고, 물어본다 해 봤자 신뢰할 만한 표본집단은 안 나올 거라 조용히 묻어 둔다. 얼마 전에 한국인 친구랑 이 궁금증에 대해 얘기했을 때 그 친구는 "내가 보기엔 자랑도 아닌 반성도 아닌, 그냥 그 시대 역사의 일부였다는 사실 자체로만 인식하는 것 같다"고 했다. 그리고 아른헴 미술관에 걸린 작품 안내문에서 조금 느낄 수 있었다.

'…수백 년 전 유럽 국가들은 식민지 착취를 통해 부유해질 수 있었다. 아프리카, 라틴 아메리카, 아시아 사람들은 피해를 보았다…'가 끝이다. 분명 침략으로 인해 발생한 문제를 알고 있다. 그러나 다소 건조하다.

네덜란드 사람들의 '너는 너고 나는 나고', '그러거나 말거나', '어쩌라고'를 잘 알 수 있었던 다양한 작품들이 더 있었다. 수염과 가슴을 둘 다 가진 사람을 그린 그림이 있는가 하면, 남성(몸도 남성, 정신도 남성인 사람)과 여성(몸도 여성, 정신도 여성인 사람)끼리만이 가정을 이룰 수 있다는 통념을 뒤집은 사진 작품들까지.

남자로 태어났지만 여자가 되고 싶은 사람,

여자로 태어났지만 남자가 되고 싶은 사람,

자신이 남자인지 여자인지 모르겠는 사람,

이성이 좋은 사람, 동성이 좋은 사람 등등 다양한 사람들을 아른헴 미술관에서 만날 수 있었다.

인종 다양성에 대한 메시지를 담은 작품도 있고, 길에는 이런 게 붙어 있기도 하다.

머리카락이 젖은 탓인지 바깥 구경을 재미있게 한 탓인지 뇌까지 촉촉해진 것 같다.

산 넘어 산

그런 날들이 있다.

휴지로 하도 눈가를 문질러 대서 화끈거리는 날. 발가락 털이라도 뽑지 않으면 잡념들에 압도되어 숨을 쉴 수 없는 날. 발톱 깎을 때가 되진 않았나 확인해 보고 괜히 옷장에서 옷들을 꺼냈다가 다시 차곡차곡 개어서 넣곤 한다. 신경을 분산시키는 일종의 생존법이다.

대면하는 상상만 해도 경기를 일으킬 것 같은 사람에게도 말은 섞어야 한다. 싫은 건 감정의 영역이고 일해야 하는 건 이성의 영역이다. 심장이 쿵쿵거리는 걸 참고 먼저 말을 걸었다. 어쨌든 우리는 같은 조직원이니까. 그렇게 또 과제 하나를 이루었다. 심리상담 선생님이 또 칭찬을 해 주셨다.

내가 항상 용기를 내는 데에는 가까운 동기들 역할이 크다. 많은 조언과 공감과 위로가 고맙다. 그 조언들을 받아들이는 내 자신에게도 스스로 칭찬해 줘도 되겠지.

우박이 따갑다. 머리카락 사이에 낀 작은 얼음덩어리들을 빼다가 그냥 녹게 내버려 둔다. 내일 뭐 먹을지 고민하는 건 차라리 행복한 고민이다. 장을 보는 건 낙이니까. 산 없는 나라에서 넘어야 할 산들이 뭐 이리 많은지 모르겠다. 그래도 여태 그래 왔듯이 또 참아 보자.

아무 생각 없는 설

2023. 1. 22.

  너무 길어져 가는 머리를 두고 볼 수 없어서 미용실로 향했다. 같은 젓가락을 쓰는 중국인들 손기술이 네덜란드인보다야 낫겠지 싶어서 차이나타운 미용실로 결정.

차이나타운 풍경

  Happy new year와 같은 뜻의 신년 쾌락(신녠 콰일러)이라는 인사

말이 쓰여 있다. 밑에 쓰여 있는 Chinees nieuwjaar는 더치어 표현인데 어떻게 읽는지는 모르겠다. 일 년을 여기 살았어도 까막눈이다. 하루 종일 한국어 95%, 영어 5%로 일하니까 더치어는 알아야 할 필요가 사실 없다. 떡국도 전도 없는 헤이그에서의 설. 더치어로 '안녕하세요' 조차 모르는 나. 이도 저도 아닌 채로 산다. 점심은 베트남 국수에 밀크티다. 이게 무슨 짬뽕이람?

연예 뉴스 보니까 뉴진스 멤버 하나가 Chinese new year라는 표현을 써서 뭇매를 맞은 모양이다. 마트에서도 양배추가 아닌 배추를 사려면 Chinese cabbage라고 해야 알아듣는데 쩝. 물론 기분은 좋지 않지만 고치는 작업은 작업대로 하되, 언어의 제1 목적은 '소통'임을 이해해 주면 안 되는 걸까. 데뷔한 지 얼마 되지도 않은 신인인데 많이 놀랐을 듯. 연예인도 제명에 못 산다, 정말.

배우고 따라 하기

2023. 1. 28.

다른 유럽 국가도 그렇지만 네덜란드도 트램이나 기차에서 내릴 때 문을 직접 열어야 한다. 신호등에도 버튼이 있어서 사람이 눌러야 불이 바뀐다. 이 나라가 전기를 아끼는 방법이다. 나처럼 적막하다는 이유로 TV를 틀어 놓는 등의 행동 따위는 호화 사치가 아닐 수 없다.

배울 점이 많은 나라다. 총리가 경호도 없이 혼자 자전거를 타고 다니기도 한다. 격식에 크게 신경 쓰지 않는다.

여기서는 어떻게 입고 다녀도 눈치가 안 보인다. (왠지 중국인처럼 보이긴 싫어서 신경은 쓴다만.) 앞코가 뚫려서 땜빵한 신발도 그다지 부끄럽지가 않다. 한국 가서도 그럴 수 있을까 걱정은 좀 된다. 동료 직원도 비슷한 고민이다. 옷이나 액세서리를 집었다 놨다만 하고 사지는 않으신다.

"여기선 아무거나 써도 괜찮은데 한국 가면 비싼 거 갖춰야 해서…, 남이 어떤 브랜드 쓰는지 말이 많은 문화라."

"저도 고급은 없고 싼 가방만 여러 개예요."

"그래도 되는 나이예요. 내 나이 되면 달라요."

휴, 한국은 참 쉽지 않다.

나 혼자 아무리 좋은 걸 보고 배워 봤자 사회를 바꿀 수 없다.

*

P 동료는 사랑이 가득한 집에서 반듯하게 자라온 아우라가 뿜뿜뿜, 특정한 행동을 하지 않아도 배려심이 느껴져서 말 없는 나도 말 걸게 되는 그런 직원이다. 일찍 일어나서 아침 운동으로 하루를 시작한다고 한다. 좋은 사람이 하는 거라면 나도 따라 하고 싶어진다. 딱 일주일만 아침 공복 운동을 해 볼까 한다.

내 힘으로 바꿀 수 있는 게 내 건강 말고 뭐가 있으랴.

자연계의 이치

2023. 2. 2.

대유잼 유튜버를 발견했다. 조공주라는 사람인데 나이가 37세 먹
도록 연애를 한 번도 해 본 적이 없는 '모태 솔로'라고 자신을 소개하
며 일상의 여러 가지 것들을 조곤조곤 이야기한다. 홍차 티백을 소분
하는 법이나 14년째 쓰고 있는 낡은 지갑을 보여 주는 등, 아무것도
아닌데 보게 되는 매력이 있다. 변화를 너무 싫어하는 성향 때문에 모
태 솔로가 되었다고 하는데 내가 보기엔 당당하고 진솔하고 멀쩡해
보인다. 모태 솔로라는 주제가 유튜브 콘텐츠가 될 줄이야. 비슷비슷
한 먹방과 고양이 영상이 넘치는 곳에서 창의적인 채널을 발견하게
되어 좋다.

이 유튜브 채널은 〈나는 솔로〉 모태 솔로 편을 흥미 있게 보다 보니
알고리즘에 의해 뜨게 된 것 같다. 프랑스 여행 가서 동기네 집에 묵
을 때 같이 봤었던 방송 〈나는 솔로〉. 여기에 일반인 출연자들이 지원
하여 짝을 찾는다. 특별히 모태 솔로 출연자들만으로 구성한 이번 편
에 대해 나와 같이 봤던 영국 동기, 프랑스 동기와 심도 있는 토론(?)
도 나누었다. "저 사람은 저게 문제구만!" 하고 마치 드라마 보는 아줌
마들마냥.

자연계에서는 보통의 경우, 사냥 본능을 가진 수컷이 암컷에게 먼저 다가간다. 암컷은 자신과 새끼를 보호해 줄 수컷을 고르기 위해 까다로운 기준을 가지고 적격자를 찾을 때까지 수없이 쳐내야 한다. 이렇기에 소수의 수컷만이 선택을 받고, 기준점에 도달하지 못하는 다수의 수컷들은 도태되고 만다. 암컷 모태 솔로와 수컷 모태 솔로는 그래서 다소 차이가 있다. 재미있는 건 인간도 동물이라 똑같다는 점이다. 방송에 나온 여자 출연자들은 하나같이 멀쩡하다. 눈이 높은 거 빼곤. 웃픈 남녀의 차이?

나 무슨 생물학자가 된 것 같네. 외국에서 살다 보니까 자꾸 득도하는 것 같다. 그나저나 블루 오션을 찾지 못하면 도태되는 것도 현대사회의 이치다. 유튜브 하나를 하려 해도 자기 자신을 어떻게 브랜딩해야 하는지 연구해야 한다. 생존이란 언제나 쉽지 않다.

아이 좋아

2023. 2. 6.

아무리 머리를 굴려 봐도 운동에 투자하는 것만큼 남는 게 없을 것 같아서, 여기 있는 동안 버는 돈은 헬스장에 몽땅 갖다 부을 작정이다. 아침 공복 운동 일주일 도전이 끝났다. 해 보니 생각보다 좋아서 일주일 더 추가하기로 목표를 정했다. P 동료에게 일주일 동안 해 봤다고 자랑하니 엄지를 척 들어 보인다. 장기적인 습관으로 만들고 싶지만 욕심은 좋지 않다. (하지만 언젠가 스님처럼 9시에 자고 3시에 일어나는 사람이 되는 게 꿈이다.)

어제 기차에서는 종착지에서 문이 열리지 않아 사람들이 웅성웅성하는 일이 있었다. 곧 더치어로 방송이 나왔고 다들 앉았던 자리로 돌아가길래 나도 따라 돌아가려는데, 어떤 할머니가 "너 방송 이해했어?" 하더니 "10분간 @#₩%한 이유로 멈춘대. 자리에서 기다리면 돼."라고 친절히 영어로 설명해 주었다.

여태까지 불친절하거나 조롱하는 네덜란드 사람을 만난 적이 없다. 첫 겨울에 감기 걸렸던 거 빼고 크게 아팠던 적도 없다. 그래, 복이 많아. 난 너무 행복한 조건에서 즐겁게 살고 있다…라고 억지로 생각해 보는 자연계의 조무래기 1인이다.

아이러니

2023. 2. 9.

참 아이러니한 자연계의 이치 또 하나. 사람의 몸은 다소 힘들 때 건강하다. 약간은 배고파야 정신이 맑다. 운동에 집중하니 잡념이 들지 않는다. 잡념은 우울해야 생긴다. 그런데 잡념이 많아야 글 소재가 떠오른다. 가수들이 힘든 일 겪고 나서 대히트곡을 들고 나오는 이유가 있다. 우울함은 예술 활동에 도움이 된다. 아이러니해~

사기를 당한 것과 같은 충격을 받은 일이 있다. 학교 다닐 때 효 사상은 한국에만 있는 거라고 배웠었다. 양놈들은 그런 게 없다고. 그래서 양놈이라고. 서양은 가족 간에도 개인주의가 심하고 핵가족이고 가족의 붕괴라는 둥…, 그거 다 거짓이었다. 오히려 여기 가족문화를 보면 훨씬 화목하게 잘 산다. 독립만 일찍 할 뿐, 주말이나 공휴일마다 자주 모여 놀면서도 서로의 공간을 존중한다. 유럽에 근무하는 동기들도 공통적으로 이야기하는 부분이다. (왜 나는 거짓 교육을 받았는가!)

가부장제가 없어서일까?
여자만 전 부치는 문화가 없어서?
시월드가 없어서?

야근이나 주말 근무가 없으니 아이와 많이 놀아 줄 수 있어서?

자녀 교육에만 목매달지 않아서?

토론 문화, 대화 문화가 발달해서?

딱 뭐라고 집을 수는 없겠지만 이유가 있긴 있다.

토론 문화 말이 나와서인데 동서고금의 이치인 '또라이 질량보존의법칙', 여기에도 약간의 차이가 있다고 한다. 한국의 또라이가 화병증세(버럭, 폭언 등)를 보인다면 서양 또라이는 조곤조곤 말로 사람을 긁는다는 것이다. 울화통을 터뜨리는 순간 루저가 되므로 같이 조곤조곤 싸워서 이겨야 하지만 한국 사람들은 여기에 취약하다나…, 허허.

여러 얘기 들어 보면 또라이들일수록 처세술이 뛰어나다는 것도 동서양 공통인가 본데, 하, 참 아이러니하다.

여긴 네덜란드야

아, 정말 누구랑 친해지는 기분 너무 좋다. 헬스장 트레이너랑 급 번개(?) 약속을 잡고 처음 가 보게 된 웨스트필드 몰. 스포츠 의류 매장에서 운동용 상의를 고르게 되었다. 민소매라니! 가슴이 파여 있다니! 배도 노출된다니! 유교걸 흠칫.

"이 옷 좀 부끄러운데."

"네 몸을 정확하게 보면서 운동해야지."

"그래도 좀 부끄럽다."

"괜찮아. **여긴 네덜란드야.**"

아프가니스탄 태생이라며 나를 놀라게 한 트레이너는 여자인데도 팔근육이 우락부락하다. 고향을 떠나오지 않았다면 전신을 가리고 다녔을 텐데, 안전하고 좋은 곳에 정착하게 되어서 다행이다. 그리고 나를 만난 이날도 몸 곡선이 훤히 드러나는 레깅스 차림이었다.

부끄럽지만 네덜란드니까 입어 보자 하고 산 스포츠 탑과 새 레깅스를 들고 다니며 우리는 조금 어려운 대화를 나누었다. 아니, 대화라기엔 내가 좀 더 듣는 입장이었다. 정말 어려운 주제였거든. 우크라이나 사태가 어쩌고 젤렌스키가 어쩌고….

"…그래서 내 고향인 아프가니스탄도 봐 봐. 어쩌고저쩌고… 이러 저러해서… 시리아, 예멘, 이라크 봐 봐."

"다 위험한 나라들이네." (사실 거의 알아듣지 못했다.)

"그래. 그런데 누가 위험하게 만들었냐는 말이야. 세상은 불공평해."

맞다. 불공평하다. 나는 아침에 봤던 분노의 인터넷 기사(50억 받은 사람은 무죄, 6만 원 받은 사람은 해고라는 내용)를 떠올리며 또 한 번 부르르 떨었다.

알고 보니 트레이너는 대학 때 법과 정치학을 전공했다고 한다. 충격! 이렇게 전혀 다른 길을 걷게 될 수가 있구나. 그리고 운동하는 사람이라고 해서 시사에 무지할 거라는 편견이 더 무지한 것이었다. 사고를 유연하게 가져 보자. 여긴 자유의 나라, 네덜란드니까.

그러고 보니까 한국에서 치열한 '레깅스 논쟁'이 부질없게 느껴진다. 여긴 제멋대로인 문화라 점잖은 식당에 가는 게 아닌 다음에야 레깅스 입고 다니는 여자들 천지다. 한국처럼 엉덩이를 덮어야 한다는 불문율도 없다. 남녀 혼탕도 있는 문화이니 뭐, 남이야 레깅스를 입든 말든 관심조차 없다. 어릴 때부터 성교육을 아예 오픈하고 '정확하게' 가르치기 때문에 타인의 몸에 대한 왜곡된 관념이 없어서일 수도 있겠다.

집에 돌아와 또 인터넷 기사를 보니 요즘 한국에선 청소년 룸 카페 출입 단속 문제로 난리인가 보다. 하여튼 우리나라엔 다른 나라엔 없는 희한한 것들이 많다. 그런데 이거 과연 단속만이 답일지는 의문이다. 전쟁 통에도 애를 낳는다는데, 마음만 먹으면 청소년들이라고 장소를 못 찾을까?

만약 네덜란드였다면 어떻게 해결했을 것인가.

기, 승, 전 운동

2023. 2. 18.

역시 정답은 없다. 남한테 싫은 소리하고 잠 못 이루는 사람이 있는 반면, 악을 쓰지 못하면 병이 나는 사람이 있다. 논쟁을 즐기는 사람, 그냥 져 주고 말자 하는 사람. 뭐든 이겨 먹으려고 성깔을 있는 대로 부리는 사람은 당장은 이득을 보는 것 같지만, 적을 만들고 악평을 듣는 거 보면 손해인 것도 같다. 그냥 생긴 대로 살아야 하나 보다. 새삼 다양한 인간 군상들을 관찰할 수 있었던 한 주였다.

변하지 않는 세상 속에서 그나마 생각보다 빠르게 변한 게 있다면 다리 힘이다. 실내 자전거 강도를 한 단계 더 높였다. 공복 운동은 딱 일주일만 해 보려 했던 건데 어쩌다 보니 익숙해져 버렸다. 팔 힘은 거의 0에 가까운 게 고민이다. 다리는 항상 쓰지만 팔을 쓸 일은 도통 없으니. 팔 힘은 도대체 뭘 해야 느나?

개똥철학 득도는 그만

2023. 2. 21.

못된 것들은 왜 자꾸 생겨나는가 생각을 해 보다가 문득, 어쩌면 악이야말로 우리가 강하게 기원하는 것이 아닌가 하는 생각이 들었다. 우리는 어떤 나쁜 사건을 보면 '똑같이 당해 봐야 해', '저거 자식들한테 다 돌아간다'는 식의 말을 한다. 악은 거시적 관점에서의 질서의 수호자일 수도 있다. 내가 누군가로 인해 고통받는다면 그건 내가 전생에서 무슨 죄를 지어서, 또는 알지 못하는 조상이 무슨 죄를 지어서 대가를 치르는 것일 수 있다는 것이다. 그렇게 생각하는 게 편하다 그냥.

잘 알지는 못하지만 불교의 업 사상, 연기 사상(?) 같은 것들, 나중에 제대로 배워 볼 수 있겠지. 내가 배우고 싶은 것들을 타로 카드랑도 연계시켜 볼 수 있으려나. 한국의 전통 신앙과 서양의 오컬트학, 점성술, 수비학을 연관 지어 공부해 보는 것도 의미가 있겠다. 아무튼 나중 얘기다.

분노 유발 인터넷 기사들을 보며 '나라면 같은 돈이면 그 돈으로 고소를 하느니 심부름센터를 부를 거야' 생각하다가, 동료들이 챙겨 주는 소화제나 티백 차 하나에 금방 또 흐뭇해지곤 한다.

양놈 대변하기

누군가와 어떤 대화를 하다가, 국제 교류가 활발해진 요즘도 '양놈'에 대한 일부 구시대적 오해가 있다는 것을 느끼고 그간의 관찰과 경험을 토대로 대변인 노릇을 해 보려 한다. 주관적인 해석이 살짝 섞여 있을 수 있음 주의. 양놈에 대한 오해는 크게 아래 두 가지이다.

#양놈들은 어른, 부모 공경할 줄 모른다?

어른이라는 이유로 공경하지 않는 건 사실이다. 같은 사람이기 때문에 나 자신을 존중하는 만큼 상대방도 존중한다. 마찬가지로 노인도 젊은이를 존중한다. 예전에 현지인 친구 한 명은 다친 아버지를 수발들어야 한다는 이유로 한 달씩이나 연락을 두절했다. 진짜 '양놈'이라면 그렇게 정성껏 수발들지 못할 것이다. 나는 장례식이라도 하는 줄 알고 '네덜란드 장례식은 한 달이나 하나?' 알아보고 그랬다.

대중교통에서 노인에게 자리 양보는 어떨까? 한다!
다만 '늙어서'가 아니라 '약해 보이기 때문에' 한다. 누가 봐도 서 있기 힘들어 보이면 자기 자리를 내어 준다. 양보받은 노인은 고맙다는 말을 잊지 않는다. 여기서는 누나 형이나 언니 오빠나 나나 할아버지나 동등한 가치를 지닌 존재들이다.

양놈들은 성적으로 가볍고 문란하다?

아마 뽀뽀 인사법 때문에 비롯된 오해일 것으로 추측된다. 내가 들었던 질문은 "걔네는 사귀기도 전에 스킨십 한다며?", "호감은 호감이고 진지한 마음은 따로라며?"였다. 그러나 항상 말하지만 사람 사는 게 똑같다. '사귑시다'라는 말을 명시적으로 하지 않을 뿐, 애네도 최소한 손이라도 잡기 전에 서로가 좋아하는 게 맞는지 확인은 한다. 아무렴, 야만인이 아니고서야 아무 손이나 덥석덥석 잡을라고.

자유롭다는 것은 좋아해서 가까이하고 싶은 본능을 사회적 시선을 의식해 억제하지 않는다는 뜻이다. '이렇게 행동하면 헤프게 보이겠지?', '이렇게까지 하고 못 사귀고 헤어지면 심한 소리(청소할 때 쓰는 그것. 수건 말고 행주 말고 그것!) 듣겠지?'와 같은 고민에서 자유롭다는 것이다. 나쁜 남자한테 놀아나서 상처받는 거야 자기 몫이니 아무도 알 바 아니고.

오히려 상대방 의사에 대한 존중은 우리보다 제대로다. 남녀동등의식이 예전부터 확실하기 때문에 더 조심스럽다. (이게 바로 성교육의 중요성!) 스토킹 범죄로 인식될까 봐 여자한테 함부로 말도 못 거는 소심한 네덜란드 남자들이다.

여러 명의 이성과 동시에 데이트를 해도 허용되는 문화라고도 하는데, 최종적인 짝 한 명을 찾기 위한 노력이라고 생각해 보면 그렇게 이상하게 볼 것도 아니다. 그런데 애초에 외모가 아주 잘난 사람한테만 해당되는 얘기이므로 신경 쓸 일조차 아니지 않나.

양놈도 사는 모습이 똑같다. 애들 떠드는 거나 그런 애들 교육시키는 애 엄마 애 아빠들, 헬스장에서 자기 팔뚝에 도취된 표정 지어 보이는 젊은 남자, 쓰지도 않을 거면서 기구에 앉아서 핸드폰이나 보는 사람, 금요일 되면 텅텅 비는 풍경 등 다를 게 없고 그래서 낯선 와중에 친근함이 있다.

미술관 다녀온 날 밤에

요 며칠간에도 새삼 새로운 관찰들을 많이 한 것 같다. 뱃살이 처진 사람도 당당하게 배꼽티를 입고 다니는 모습이 '어쩌라고' 문화를 가장 단편적으로 보여 주는 것 같다. 그러는 와중에도 어른이 애처럼 보이면 안 된다는 고정관념은 참 강하다. 헬스장에 열심히 출석하는 어떤 남자는 몸이 너무 유연하다는 이유로 게이로 오해받고 있다. 자유의 나라에서 이게 무슨 논리인지??

최근 생긴 고민거리. 네덜란드 남녀 혼탕을 체험해 볼 것인가 말 것인가! 사실 터키 여행 갔을 때 전통 탕이라고 하는 하맘에서 남녀 혼탕을 겪어 본 적이 있긴 하다. 그렇지만 거기는 이슬람문화 때문인지 수영복을 입을 수가 있고, 내부 이용 공간과 남녀의 이용 시간대를 달리 운영해서 아주 야만적인(!) 혼탕은 아니었다.

개방적이라고 하는 몇몇 유럽 나라들에 존재하는 혼탕 문화. 따지고 보면 목욕은 목욕일 뿐인데. 태초의 인간은 알몸이었는데 온갖 의미를 부여하고 '음란한 것'이라고 규정해 버린 것은 아닌지. 네덜란드는 참 많은 생각을 하게 한다. 참, 그런데 혼탕에도 홀딱 벗는 '홀딱탕'과 수건이나 수영복으로 가릴 수 있는 '가림탕'이 있다고 한다. 알몸이 영 불편한 사람들을 배려한 옵션 제공이다. 역시 다양성을 존중하는 네덜란드!

여태 현지인들보다 더 많은 지역을 여행했다. 현지인 친구가 나에게 네덜란드 여행지를 추천해 달라고 할 정도니 이게 무슨 일이람. 이 친구조차 "으악, 난 절대 못 가!"라고 말하는 혼탕까지 경험하고 나면 네덜란드를 정말 빠삭하게 겪었다고 말할 수 있을 것 같은데…, 생각 좀 해 보고.

2월 26일의 암스테르담은 주택 문제 때문에 시위하는 시민들 함성 소리로 가득했다. 현지인 친구 설명에 따르면 일부가 다주택을 보유하느라 집값이 치솟았다고 한다. 또 반복하는 말이지만 어디나 똑같다. 사람 사는 모양새도, 사회 돌아가는 꼴도. (그런데 왜 우리나라 사람들은 시위 안 하지? 프랑스나 여기나 시위가 일상인데, 우린 너무 순둥순둥한 거 아니야?)

이 친구에게 곧 오게 될 삼일절이 무슨 날인지 대충 설명해 주고, 삼일운동 정신이 다시금 필요하다는 생각이 번뜩 들었다.

음, 아래 사진은 Moco 미술관에서 본 문구인데 왠지 와닿아서 찰칵. 이것이 네덜란드인들의 시위 정신일까?

　목소리가 떨리더라도 진실을 말하라. 너무 맞는 말인데…, 바른말의 결과가 항상 바람직하지만은 않다.

　우리나라는 어디로 가고 있는가. 궁금증과 걱정이 동시에 드는 밤이다. 미술관에서 가져온 팸플릿이나 복습해 보자.

(시) 순이 배 타던 날

2023. 3. 2.

승냥이 떼 짖는 소리 휘덮은 강산에
흐드러진 풀꽃 소스라치듯 흔들리던 1944년 봄

돈 마이 벌어 오꾸마,
풀꽃처럼 웃으며 배에 오르던 열네 살 순이는
이듬해 봄이 되어도
그 이듬해 봄이 되어도
오지 않았다

동해 바다가 슬픈 처녀막처럼 붉게 울던 날이 있었다

성격이 못나서 고생이다

2023. 3. 5.

아무도 안 시켰는데 주말에 출근하는 사람? 나야 나~ 나야 나~

괜히 나 혼자 뭔가 부족하다 싶으면 그걸 견디지 못한다. 아무도 재촉 안 했는데 화장실도 안 가고 하던 거 다 끝내야 하고, 주말에 나와서 문서 만들고 붙임 자료까지 마련해야 직성이 풀리는 이 못난 성격. 세상 살기에 좋지 않다. 아무도 내 문 안 두드리고 전화도 하지 않는 주말이라 집중이 더 잘되긴 한다만.

이 모양으로 살면서 어느덧 3월이 되었다. 언제부터인지 네덜란드가 너무 좋아졌다. 이민 와서 살아 보고 싶은 나라를 꼽으라면 네덜란드다. 물론 말처럼 쉽지 않은, 죽을 둥 살 둥 해야 하는 일인 거 알지만. 네덜란드 남편이 아무리 잘해 줘도 외로움을 어쩔 수 없다는 친구, 치기공사 일을 하며 힘들게 월세를 내면서 더치어 공부에 전념 중인 친구, 힘들 거 알면서도 가끔은 부럽다. 그들이 나를 부러워하는 만큼. 아마 겪어 보지 않은 것에 대해 부러움이 드는 건 자연스러운 일이겠지.

아예 눌러앉지는 못해도 잠시 사는 동안만이라도 네덜란드 사람들처럼 느긋느긋해도 좋을 텐데. 일 많이 하기로 유명한 한국인 이미지에 내가 일조하는 게 아닌지 모르겠다.

다양한 정신 승리법

2023. 3. 8.

왠지 3월은 쭉 바쁠 것 같다. 이럴 땐 뭐다? 비교다. 나는 흰머리만 났지만 누구는 하혈하고 기절하고 응급실 실려 간 적도 있다. 나는 얼마나 건강한가. 새벽에 일하는 사람도 많다. 그에 비하면 자꾸 이상한 꿈 때문에 깨는 건 아무것도 아니다. 아예 못 자는 사람들보다는 잠시라도 자는 거니까.

똥이 다리에 묻는 꿈, 바닥에 오줌이 흐르는 꿈, 차가 교각을 박고 뒤집히는 꿈, 사이비 집단에게 감금당했다가 도망치는 꿈, 아주 난리도 아닌데 해몽을 찾아보면 다 길몽이라니 안심해 본다.

토요일에 출근했던 일에 대해 심리상담 선생님에게 '아무도 알아주지도 않는데 나는 왜 뺀질대지 못하는가'를 넋두리했다. '뺀질대지 못한다'의 반대말은 '성실하다'이고, 성실함은 나 자신만 알면 된다고 하셨다. 하긴, 보여 주기식으로 일하는 사람들을 제일 꼴사나워하지 않았던가?! 똑같은 사람이 되면 안 되지.

비교, 해몽, 생각의 전환 수법을 당분간은 활용해야 할 것 같다. 그리고 좀 너그러워지자. 맨날 남한테는 "세상에 급한 일은 아무것도 없

어요."라고 하면서 나 자신한테는 그러지 못한다. 똑같은 말, 나한테
도 들려주고 싶다.

(시) 인삼

2023. 3. 10.

구세酒

메시아

술 부음을 받은 이

그의 즙을 마시는 자

즐거움을 얻으리니

작은 자들을 어여삐 여기시어

가장 작은 사람의 모습으로

6년 만에 부활하시다

보이는 대로 믿는 것은 축복

2023. 3. 13.

한국에 있을 때 진주 유등축제에 갔었던 것을 기억한다. 즐겁게 사진 찍느라 바쁜 사람들 속에서 '진주시 공무원들 힘들었겠다.' 생각하고, 또 곧 '내가 이런 생각까지 할 수 있게 되었다니!' 하며 나 자신에게 놀랐던 기억.

토요일, 일요일은 파리 디즈니랜드에서 친구 둘과 주말 휴가를 보냈다. 가장 대표적인 미키마우스를 비롯해 엘사, 버즈, 피터 팬 등 어른까지 짜릿하게 만들었던 캐릭터들이 있었고, 귀신의 집으로 알고 잘못 들어간 곳에서는 팔자에도 없는 수직 낙하 놀이 기구를 타고 죽을 뻔도 했다. 고개를 축 늘어뜨린 나를 보고 옆에 앉은 친구는 기절한 줄 알았다나. 또 다른 외국인 관광객도 내가 잘못되는 줄 알았는지 괜찮냐고 물어봐 주었다. 수직 낙하하는 와중에 남까지 지켜보고 신경 쓰다니 대단한 담력들이다.

어쩐지 짠한 기억으로 남았던 건 일요일 아침부터 나와서 사람들에게 손 흔들어 주던 스파이더맨이다. 우리 일행은 스파이더맨이 있는 장소를 아침에도 점심에도 지나가게 되었는데 과연 똑같은 사람이 계속 서 있는 것일지가 무척이나 궁금했다.

춥지는 않을까?

가면 속 얼굴은 울상이 아닐까?

못 해 먹겠다고 생각하고 있을까?

아이들은 보이는 대로 이 사람을 진짜 스파이더맨이라 믿고 꺅꺅거렸지만 어른의 시각으로 보니 궁금한 게 많다.

나와 친구들은 한마음으로 생각했다.

'똑같은 사람이 아니라 교대이기를.'

아이들처럼 보이는 대로 믿을 수 있다는 것도 축복이다. 잡스런 고민과 걱정에서 자유로울 수 있으니 말이다.

알고 보면 진드기가 우글거릴 이불을 깨끗하다 믿고 숙면을 취하는 것처럼.

나를 웃으며 대하니 나한테 별 불만 없겠거니 믿고 나 역시 웃는 가면을 쓰고 대하는 것처럼.

즐거운 시간을 보내고 나니 다시 월요일이다. 휴식 보장에 대해서는 철저한 프랑스이니 우리가 만난 '극한 직업 스파이더맨'이 대체 휴가를 얻었거나 2배의 수당을 받았기를 바란다. 참 철저한 어른의 시각이다.

(시) 가시는 벗자

2023. 3. 20.

밟혀도 아프지 않을 만큼 영글었을 때
가시는 벗자

채이고 굴러도 그러려니 할 때쯤
가시는 벗자

성숙한 세상 만물 중
상처받지 않은 것은 없는 것이거늘

헬스장 불도(佛道)

2023. 3. 29.

문을 열고 받아들이기

아프간 출신 트레이너 덕분에 알게 된 토막 지식. 아프가니스탄에 이슬람교가 자리 잡기 전에는 불교가 있었다고 한다. 일에 치여 잠시 잊었던 이 분야에 대해 다시 흥미로움이 뿜뿜뿜, 나 이 학문 진짜 좋아하나 보다. (아직은 때가 아니니 진정하자!) 불교는 전쟁을 하지 않는 종교라 항상 다른 종교에게 자리를 양보하고 어떤 문화와 만나도 융화된다고 들은 적이 있다. 유연하고 열려 있다. 뭔가 엄청 매력적인 사상이라는 거!

헬스장 사건 또 하나. 어떤 남자가 내 연락처를 받아 가더니 맘에 든다며 같이 클럽을 가잔다. 응? 맘에 들면 대화를 해야지 왜 클럽을…? 게다가 이 사람 국적은 가나였으니(!) 어리둥절하고도 남을 일이다. 열려 있는 성격 같으면 벌써 두 번 넘게도 만났겠지만, 경계심이 강한 나는 친구들에게 자문을 구했고 다양한 의견을 들을 수 있었다. (사람은 자기가 당사자가 될 때는 판단을 못 하는 법이다.)

"질 낮은 사람 아니야? 걱정되네.", "쓰레기야, 쓰레기!"라는 반응 일부, (별명이 홍선대원군인 한 친구는 나보다 폐쇄성이 더하다.)

"같이 가서 놀면 되지. 왜?"라는 반응 일부.

"클럽은 말고 낮에 커피나 마시면서 사람을 봐 봐."라는 반응이 중론이다.

나: "근데 난 아~무 관심도 없는데?"

친구: "원래 다 관심 없게 시작하는 거지!"

트레이너: "그 사람 성격 좋아. 친구로 그냥 만나서 놀아."

동료 직원에게도 얘기했을 때 나는 빵 터질 수밖에 없었다.

"가나 왕자 아니에요?"

"푸후훕, 은행 다닌대요."

"깡패가 은행 다니진 않잖아요? 다 면접 보고 뽑히는 건데. 나는 적극 찬성이에요."

그래 뭐, 알기도 전에 손절할 필요가 있나. 열자. 열어 보자. 중론을 받아들였다. 별 피곤한 일이 다 생겨…, 내 팔자야.

#중도 찾기

그러나 클럽은 부담스럽다. 그러지 말고 나중에 브런치나 먹자고 했다. 심리상담 선생님도 스스로의 닫혀 있는 성격을 인지하고 열려고 노력하는 모습이 좋아 보인다며, 적절한 타협점을 찾은 것 같다고 하셨다. 그러면서도 관계에 오해가 생기지 않도록 의사 표현을 해야할 때는 확실하게 해야 함을 상기시켜 주셨다.

가나 문화와 민족성에 대해 배워 보는 기회로 삼아 볼 수 있을 것 같다. 잘되면 잘되는 거고 아니면 말고. 흑인이라는 생소한(?) 대상을 있는 그대로 보도록 노력하고 만약 치우친 시각이 있었다면 또 반성을 해야겠지. 불성을 닦는 일이 이렇게 어렵다.

부활!

부활절 연휴를 이용해 4월 1일부터 9일까지 이탈리아에서 긴 휴가를 보내고 다시 정신을 차려 본다. 밀라노—베니스—피렌체—로마—나폴리를 수박 겉핥기마냥 쭉 돌았다. 한 걸음마다 압도적인 문화재와 성당 유적들이 튀어나오는데 똑같은 길거리에는 거지들이 나앉아 있고 신호등은 멋으로 달려 있는, 여행만으로는 알다가도 모를 나라다. 나는 아직도 이 꼬질꼬질하고 무질서한 나라가 어떻게 G7에 들어가 있는지 도대체 알 수가 없다.

부활절 당일(하필 공항으로 이동해야 했던 날!)에는 지하철조차 운행이 중지되었었는데, 어쩌면 이 정도의 강력한 신앙의 힘이 국민들의 정신력 또는 국력과의 상관관계를 이루는 것이 아닌가 하는 생각도 해 본다. 조금 복습이 필요할 것 같다. 내가 봤던 유적지들 한 곳한 곳에 얽힌 역사와 의미를 틈틈이 유튜브에서 찾아봐야지.

첫날부터 큰 개한테 똥침 당하고 머리에 새똥을 정통으로 맞아 불길함을 알리는 전조 증상일까 했지만, 지금 생각하니 액땜이었던 것같다. 피렌체에서 만나 야경 명소에 동행해 주었던 호텔 종업원과 카톡 친구도 되었으니.

한국인 입맛을 어쩔 수 없었는지 여행 막바지가 될수록 쌀밥이 당겨서 일식당과 중식당만 전전하기도….

글로 남길 만한 소재가 많았건만 너무 여행에만 정신을 팔았다. 오랜만에 들어오는 블로그다.

냉장고에 있는 마파두부랑 쌀밥을 마저 먹고 나면 평소 식단으로 다시 돌아올 것 같다. 그리고 또 부활하듯 새로이 바쁘게 살아가겠지.

사람을, 그리고 내 마음을 이해하기

2023. 4. 19.

요상한 조합이라고 할 수도 있겠다. 일식당에 간 가나인과 한국인 이라니. (친구들에게는 이 사람을 '가나남'이라 칭하고 있다.) 주말에 헬스장에서 열린 파티에 같이 갔던 것 이후로 둘이 밥 먹은 건 처음이 다. 춤사위가 남다르던 가나남에게 어떻게 그리 춤을 잘 추냐고 물어 보았었고, "아프리카 출신이라 그래. 아프리카인들은 다 춤을 잘 춰." 라는 대답을 들었다. 클럽에 가자기에 양아치 한량인 줄 알았더니만, 그저 흥이 많은 사람일 뿐이었다. 더 알아보니 천주교를 믿으며 이름 은 성인 '후베르토'에서 따온 거였고, 영국 명문대라는 글래스고대학 을 졸업한 인재다. 이렇게 오해 하나를 풀었다.

사람을 온전히 이해하기란 이렇게 언제나 쉽지 않은 법이다. 세상 에 알고 보면 나쁜 사람 없다고, '저 사람은 왜 클럽에 가자고 할까?'처 럼 '저 사람은 왜 저 모양일까?' 질문을 해 보면 이해 못 할 사람은 없 지만서도, 글쎄, 모르겠다. 인간관계에 지칠 대로 지친 나는 친구들에 게 "돈 많아 보이던데 다 때려치우고 가나 따라가서 살아 버릴까 봐." 라고 불순한 농담도 해 보았다.

그런데 가나남, 쉽지 않다. 나도 가나랑 다른 아프리카 국가 구분 못 하고 가나남도 한중일 구분 못 한다. 참 멀다. 이왕이면 백인이 더 좋은 것도 솔직한 속마음이고, 가나에서 자라며 뭘 보고 배웠을까 하는 고정관념도 장벽으로 작용하는 것 같고…. 그냥 우선은 심심할 때 밥이나 같이 먹으련다. 그러면서 내가 진짜 원하는 게 뭘까 살펴봐야겠다.

+) 얻어들은 이야기. '페노메코'라는 힙합 뮤지션은 한국인이면서 아프리칸 비트를 차용해 곡을 만든다. 나도 모르는 사람을 가나남이 알고 즐겨 듣는다. 왠지 실력파 힙합퍼인 듯한데, 이렇게 또 세계를 확장해 간다. 여튼 일식당 만남은 유익했다.

일주일 천하

2023. 4. 21.

회사 마당에 심은 앉은뱅이 수국이 얼마나 됐다고 시들어 죽어 버렸다. 일주일 전이었나? L 동료가 그 똑똑한 머리로 열심히 삽질하고 땅 파서 심은 거였는데. 왜 이런 낭비적인 일을 해야만 했을까 의문을 가지며 또 헬스장으로 향했다.

처참하다

가나남이랑 만났냐고 묻는 트레이너에게 얘기를 해 주니 눈을 똥그

랗게 뜨고 놀란다.

"뭐? 더치페이를 했다고? 어째서? 그건 아니지! 내가 대신 따져 줄
까?" 나 역시 놀라 손사래를 치며 "아냐 아냐. 내가 같이 내자고 계속
그랬어." 하자

"그래도 가만있어 봐." 하기에 운동은 뒷전으로 하고 트레이너와 가
나남의 핸드폰 대화를 옆에서 지켜보았다.

트레이너: 안녕. 지금 뭐 해? 운동하러 안 와?

가나남: 요즘 만회(Recoup)하고 있어.

트레이너: 무슨 뜻이야?

가나남: 사업에 투자를 크게 했는데 다 잃었어. 거의 파산이야.

트레이너: 아 그래…, 근데 너희 둘이 밥 먹었다며? 어땠어?

가나남: 응, 즐거웠어. 그녀는 좋은 사람이야.

트레이너: 근데 왜 더치페이했어?

가나남: 그녀가 같이 내자고 했어. 그리고 사실 정말 돈을 쓸 수 없어….

*트레이너: 그래도 다음엔 사 줘. 여자를 만나고 싶으면 사 줘야 신사지.
알겠지?*

가나남: 알겠어.

트레이너가 말했다. "봤지? 애 지금 돈 없대."

아! 사업에는 불안정성이 따른다는 사실을 간과했다. 역시 돌고 돌

아 내가 있는 곳이 가장 안전한 울타리인가.

'맞네, 잘나가다가 한순간 70억 빚을 지고 나락으로 떨어진 연예인도 있었지!' 생각하고 있자,

"이런 식의 만남은 'Shit'이야. 돈이 없으면 만나고 싶다고 하질 말았어야 돼."라고 말해 주는 여장부 트레이너다. 거기에 명언으로 쐐기를 박았으니, "그리고 넌 Independent 해야 돼."라는 말에 뒤통수가 떵 울리는 기분이었다.

Independent! 그렇다. 스스로 뿌리가 튼튼해야 한다. 그렇지 않으면 앉은뱅이 수국처럼 누가 물을 주지 않으면 금방 죽어 버리고 만다.

결국 가나남은 이제 그냥 밥 친구다.

잠시 불순한 꿈을 꾸었지만 일주일 천하였다.

모두의 기대를 저버렸다. "자기 사업장 사진도 보여 주고 설명했으면 환심 사려고 노력하는 거 맞네!" 했던 친구들과 동료들이 "아…."하고 탄식했다.

어째 건진 게 없다. 그래도 잠시나마 재미있었다.

스크린도어가 없는 네덜란드

2023. 4. 26.

여느 때처럼 주말의 암스테르담은 북적였다. 새삼 네덜란드에는 기차역, 트램역, 지하철역 어디에도 스크린도어가 없다는 사실을 발견했다. 잘사는 나라가 여태 이런 것도 안 만들고 뭐 하나 생각했지만 현지인 친구 앞에서 차마 적나라하게 말할 순 없어서, "여기는 스크린도어가 없네." 했다.

"스크린도어? 아~ 안전하라고 막는 문 말이지? 응, 우리 정부는 돈 낭비라고 생각하나 봐. 한국은 그게 있어서 좋은 것 같아."

누가 밀어서 죽는 사고는 없냐고 물어보았다. 몇 건 있기는 했지만 아주아주 드문 일이고 멀리 서서 기다리면 충분히 예방할 수 있는 일이라고 한다.

듣고 보니까 그 말도 맞다. 어떤 일을 하든 가성비를 고려 안 할 수 없다. 아주아주 드문 일 때문에 어마어마한 예산을 투자하기도 힘든 일이다. 우리나라의 경우는 스크린도어로 자살도 예방할 수 있지만 선로에 떨어지지만 않게 할 뿐 죽으려는 마음 자체를 바꿀 수도 없고, 네덜란드는 자살률이 우리보다 현저히 낮아 스크린도어의 필요성을 못 느꼈을 수도 있다. 안전하라고 만든 스크린도어 때문에 정비 직원이 끼임 사고를 당한 일도 있었던 거 보면 세상만사가 완벽히 좋은 것도 없고 완벽히 나쁜 것도 없다. 현지인 친구와 만나서 노는 날은 이렇게 두루두루 보고 느끼고 깨닫는 날이다.

갑자기 아는 게 많아짐

만남을 통해 새로운 세계를 접하고 새로운 지식을 얻곤 한다.

아프가니스탄 민족은 파슈툰, 발루치, 타직, 하자라 등등으로 다양하게 구성되어 있다. 탈레반, IS, 무자헤딘, 알카에다는 각각 다르며 더 깊이 들어가면 파키스탄, 미국, 소련이 엮여 있다.

나치는 네덜란드도 침공했었다. 안네 프랑크 하우스가 암스테르담에 있는 이유가 있다. 항상 예약이 가득 차 있어서 언제 가 볼 수 있을지 모르겠다.

타입 A의 사람은 참고 기다리는 걸 못 한다. 매사 경쟁적, 공격적, 성취 지향적이다. 1분을 못 기다리고 재촉하는 거나, 도와주려는 사람더러 '꿍꿍이가 있다, 괘씸하다'며 씩씩대는 거나, '타입 A'에 대한 여러 글을 읽고 나니 조금 이해가 된다. 그냥 타고난 성정이 그런 거다.

편집성인격장애를 가진 사람은 자신이 피해자고 세상이 자기를 가해하고 있다는 믿음이 확고하다. 정상인이 이해하지 못하는 부분에 혼자 욱하고 발끈해서 곧잘 화를 낸다. 인간관계에 대한 열등감도 심해서 험담과 이간질을 즐겨 한다. 자신이 문제라고 생각하지 않으므로 고칠 길이 없다.

　세계사, 심리학, 세상 사는 법을 공부하느라 또 일주일을 바쁘게 보냈다. 갑자기 아는 게 많아져서 그런가 단 게 먹고 싶다. 지식만큼 이해심도 늘어나면 좋겠는데 거기까지는 힘든 것 같다.

락사 첫 체험

　지난 3월 아시아 영화제에 갔다가 기념품으로 받아 온 락사(싱가포르 국수) 소스. 이 낯선 식재료를 어찌할까, 누구 줘 버릴까 하다가 인터넷에 레시피를 검색하고 대충 따라 해 보았다.

이 맛이 맞나?

락사를 실제로 먹어 본 적이 없으니 원래 맛에 가깝게 잘된 건지 아닌지 알 길이 없다. '기준'을 세우지 않으면 성공도 실패도 없고, 행복도 불행도 없다. 그저 그때그때 맛보며 짜면 물 붓고 싱거우면 소스를 더 넣어 가는 거다. 든든하게 잘 먹고 기분 좋았으면 그만이다.

따뜻한 국수야, 오늘 내게 깨달음 하나를 주었구나!

이제 진짜 알 것 같다

2023. 5. 4.

　자연 속에서 뛰어놀며 크는 네덜란드 아이들, 학원 여러 개를 전전하며 코피 쏟는 한국 아이들은 정서부터가 다를 수밖에 없다. 각기 다른 정서를 가지고 자라 어른이 되어 이룬 가정과 사회는 역시 많이 다를 수밖에 없다. 한국보다 뭐 하나 특출 나 보이는 게 없었던, 할 거 없고 지루한 네덜란드가 왜 선진국이라 불리는지 늦게서야 알 것 같다.

성매매업소들과 대마초 가게

이렇게 언뜻 보면 향락적인 모습도 있는 건 사실이다. 평화로운 자연 풍경과 대조적이다. 이쪽 면만 보는 사람들은 네덜란드가 고삐 풀린 막장 국가인 줄 알지만, 적정선에서 허용할 건 허용하고 거기에서 발생되는 수익을 나랏돈에 합산하니 영리하다고 할 수도 있겠다.

이제는 너무 너무 너무 좋은 나라다. 정말 괜찮은 나라다.

세금 고지서를 받아 보며

2023. 5. 16.

쓰레기 배출세(?)라는 요상한 세금 청구서가 날아왔다. 나는 분명 혼자 사는데 세 명이 사는 집으로 되어 있어 여기저기 알아보니, 시청에 직접 편지를 써서 정정해야 된다고 한다. 심지어 요즘 세상에 이메일도 아닌 우편으로! 제 아무리 선진국도 한국 행정을 따라올 수가 없다.

한편, 이런 일에 있어서도 사람들의 행동 양상은 각자 타고난 성격에 따라 달라진다. 부득부득 항의 편지를 보내서 따지는 사람, 혹시나 탈 날까, 혹은 실랑이 자체가 귀찮아 그냥 내라는 대로 내는 사람.
(번외로, 중요한 일이라고 아예 인식하지 않아 무시하고 덮어 두다가 어마어마한 연체료를 무는 특이한 사람.)

나, 내 한국인 친구 한 명, 그리고 P 동료는 귀찮아하는 유형에 가깝다. 무던하다고 해야 할까. 아주 좋은 것도 없고 아주 싫은 것도 없고, 이래도 응~ 저래도 응~ 하는 성격. 이러쿵저러쿵 말 섞는 게 피곤하고 '논쟁'을 일종의 위험으로 인식하는 나다.

어쨌든 쓰레기 배출세 460유로, 할 일도 많고 시간은 없는데 그냥 내버릴까 하다가 한 번 정도는 편지를 써 보자 하고 써 보았다. 현지

인 직원에게 "사적인 거 도와달라고 해서 미안해."라는 사과와 함께,
"잘 몰라서 그러는데 이런 식으로 쓰면 되는지 봐 줘." 하며.

시청에서 답을 주기까지는 8주가 걸린다고 한다.
차분히 기다려 보자. 침착하게 릴랙스, 릴랙스.

네덜란드 GP에게 물어보자

아무 때나 병원을 골라 갈 수 있는 한국과 달리, 네덜란드는 홈닥터(GP, 각 동네별 관할 의사)라는 개념이 있어서 병원에 가기 전 반드시 이를 거쳐야 한다. 아픈 곳에 따라 GP에게 1차 상담을 받고, 정형외과로 갈지 내과로 갈지 아니면 진통제나 받아 올지 정해지는 시스템이다. 한국만 못한 후진 시스템일까, 국민을 강하게 키우는 시스템일까. 보기 나름이다.

나 역시 감기 걸렸을 때는 목도리 둘둘 감고 뜨거운 차 마시며, 배탈 났을 때는 하루 정도는 굶으며 그럭저럭 극복해 왔다. 자연 치유의 달인이 된 것 같다. 병원에 꼭 가야 할 정도로 크게 아픈 적은 없었으니 다행이다. 의료 보험비가 좀 아깝지만, 병원이 필요한 누군가를 위해 쓰였다면 됐다.

다른 제도, 다른 문화. 헤이그시의 상징 동물로 보이는 황새, 스헤브닝겐의 표식(?)인 물고기 세 마리, 우리와 다른 모양을 한 과속방지턱, 네덜란드 국장에 쓰인 프랑스어 등등 새로이 눈에 들어오는 것들. 더 알고 싶고 가까워지고 싶은 떠돌이 외국인이다.

조만간 철분제를 사 봐야 할 것 같다. 동기들끼리 요즘 뇌졸중의 위기를 느낀다고 농담 섞어 말한다. 마그네슘이랑 같이 먹어도 되는지 GP에게 물어보고 제품 추천도 받아야지. 여긴 한국이 아니니까, 주말엔 GP의 시간을 충분히 존중하고 평일 업무 시간에 물어봐야겠다.

좌충우돌 휴일기

2023. 5. 22.

　늦잠 푹 자고, 그리고 나서도 전기장판 위에서 뒹굴거리고 나면 '아, 이렇게 하루를 보내다니' 하는 자괴감이 들고, 아침부터 삘삘 돌아다니고 나면 '월요일 되면 힘들 텐데 집에서 쉴걸' 하는 후회가 든다. 매 휴일마다 겪는 딜레마다. 이래도 후회하고 저래도 후회하는 게 인생이라더니.

　어디를 돌아다녀 볼까 떠오르지 않아 오전 내내 반수면 상태로 있던 중, 고맙게도 오후 3시쯤 트레이너가 급작스레 놀자고 불러 주었다. 두 시간 정도 백화점 구경을 하다 들어왔으니 자괴감도 후회도 들지 않을 정도로 적당히 논 셈이다. 얼마 전부터 "한국에 안 돌아갈 거지? 여기 더 있어." 하며 눈을 글썽이길래 "아직 어떻게 될지 나도 몰라." 하고 둘러대고 있지만, 좀 더 지나서 말해야 할 것 같다.

　처음엔 어색하고 데면데면했던 친구들과도 곧 안녕이라니. 특히 같은 이방인 친구들하고는 현지인 친구와는 또 다른 교감을 했었는데 말이다. 이들 모두 좌충우돌하고 있다. 내면이 강해 보였던 에스토니아 친구도 스트레스로 심리상담을 받고 있고, 한국인 친구는 맨날 우는 소리하면서도 한국의 혹독했던 기업 문화를 다시는 겪고 싶지 않다며 어떻게든 영주권을 따려고 몸부림친다.

　백화점 구경하고 돌아오며 트레이너가 팔짱을 끼려 하길래 "유럽에서 이러면 레즈비언인 줄 알아." 했지만, 손을 꼭 잡는 것만 아니면 된다고 하길래 "그래라—" 하고는 팔을 축 늘이고 뻣뻣하게 걸었다.

점점 섞이는 사회

2023. 5. 30.

한 주간 또 새로운 사람과 새로운 것들을 볼 수 있었는데, 지난주 들렀던 바세나르 동네 어느 카페에서는 종업원이 나와 일행에게 또 박또박한 한국말로 "주문하시겠어요?"라고 물어보는 것이었다. 연세 대에서 생명공학을 전공하고 네덜란드로 돌아와 알바를 하고 있는 이 종업원은 폴킴을 정말 좋아하고 이제 김치 없는 밥을 못 먹는다 며 다시 한국으로 가서 공부할 거라고 했다.

네덜란드 여러 마트에서는 불닭볶음면 시리즈가 인기다. 또 어떤 식당에서는 '김치 샌드위치'를 만들어 팔고 있다. 한국인처럼 보였다 하면 "내 친구 아들이 한국에서 유학 중이야."라는 식의 말을 걸며 반 가운 표시를 하는 사람도 흔하다. 어딜 가나 한국말을 알아듣는 사람 이 꼭 한 명씩은 있다고 보면 될 정도이니, 이제는 밖에서 한국말로 대화할 때도 조심해야 할 것 같다. 그러나 분명히 좋은 일이다. 이제 '한국' 정도면 어디 가서 얕잡아 보일 국적은 아니다.

사회가 점점 섞이고 있다. 하와이식 비빔밥이라 할 수 있는 바로 이 포케처럼!

하와이식 비빔밥 '포케'

  '우리', '공동체' 문화가 가진 '조화와 통합의 정신'이 비빔밥에만 나
타난다고 배웠다면 당신은 우물 안 개구리!

  한국이 저출산 때문에 외국인 유입이 늘어날 거라는 분석이 있는
데, '전국의 이태원화'가 될 것인가. 한쪽에선 미세먼지로, 한쪽에선
후쿠시마 오염수로 괴롭히는 판국에 앞으로 어떻게 흘러갈지 무척이
나 궁금해진다!

완벽한 공존을 상상할 수 있을까

2023. 6. 5.

죽을 만큼 힘들다 하여 한국말로는 '천국의 계단'이라 불리는 헬스장 기구, 이게 여기서도 'Reaching the heaven'이라는 별명으로 불리는 걸 듣고 실소가 나온 적이 있다. 사람이 느끼는 건 역시 다 거기서 거기인지, '나쁜 사람이 더 오래 산다'라든가 '디저트 배는 따로 있다', '날강도(비싸기만 하고 맛은 없는 음식)'와 같은 표현도 여러 나라에 공통적으로 존재한다.

프라이드 페스티벌

성소수자들을 위한 축제인 '프라이드 페스티벌'이 로테르담에서 열리고 있었는데, 트랜스젠더 이슈는 네덜란드에서조차 순탄하지는 않은 것 같다. 트랜스 여성인 척하고 여자 화장실에 잠입해 허튼 수작을 부리려는 변태남, 또는 타고난 남자의 근력으로 여성 대회에 출전해 메달을 휩쓰는 성전환자 등의 문제를 어찌할 것인가에 대해 한국과 비슷한 논쟁이 마찬가지로 있다. 사람 사는 거나 느끼는 거나 똑같은데도 완벽한 공존은 이렇게나 어렵다.

참, 2주 후면 '아버지의 날'이다. 네덜란드는 어버이날이 있는 게 아니라 '어머니의 날'과 '아버지의 날'이 따로 있다. 나는 이 이유가 무척이나 궁금했다. 그런데 따로따로 있으니 편부모 가정에게도 적합하고 동성 부부 가정에게도 적합한 장점이 있다고 한다. 참 재미있는 나라다.

그런데 동성끼리 결혼하면 어디가 친정이고 어디가 시댁이지? 도무지 상상이 안 된다.

케이크 한 조각에

2023. 7. 2.

헬스장 '노가리 테이블'에 혼자 앉아 핸드폰을 보고 있노라니 옆 테이블에서 먹을거리를 펼쳐 놓고 떠들던 아재&아줌마 모임에서 한 분이 케이크 한 조각을 나에게 나눠 주었다.

모르는 남에게 먹을 것을 나누는 게 일반적인 유럽 문화는 아니라서 놀람과 동시에 "땡큐." 하고 받아 들었다.

돌이켜 보면 케이크 한 조각 정도에 강박을 버리게 되기까지 꽤 긴 시간이었다. 정착 초반에는 사람을 침체되게 만드는 기후에 호되게 당했었고, 이리저리 들들 볶이고 시달리느라 퇴근하면 바로 눕는 게 일이었다. 그나마 군것질만이 삶의 낙이 되어 주던 어느 순간, 이러면 큰일 나겠다 싶어 일어났고 극복법의 하나로 운동을 제대로 시작했다. 설탕을 끊고 양념 없는 생 재료 위주로 먹어 보니 생기가 돌았다. 그렇게 두 달 이상을 해 보니 조금씩은 아이스크림이나 쿠키를 먹어도 불편하지 않게 되었다. 네덜란드에서의 2년은 정말이지 고군분투 그 자체였던 것 같다.

힘들었던 만큼 정이 찐하게 들어 버린 이곳을 한 달 후면 떠나야 한다. 한국에서 평탄히 지낼 수 있을까. 고작 2년 유럽 물 좀 먹었다고 한국의 장단점이 너무나 잘 보인다. 정말 잘살지만 불행한 나라. 이게 너무 안타깝다. "한 푼이라도 더 벌어야지! 요즘 것들은 노오력을 안 해!"라고 하는 세대와 "돈은 됐고 복지를 주시오!"라고 하는 세대가 공존하며 서로가 서로에게 스트레스를 받는다. 남자는 여자를, 여자는 남자를 헐뜯는다. 태어나서부터 죽을 때까지 남과 자신을 비교하고, 잘나 보이기 위해 경쟁한다. 웬만한 선진국들을 능가하는 인프라를 갖췄는데 이상하게도 삭막하다.

몸이 어느 정도 갖춰지고 운동이 습관이 되고 나면 케이크 한 조각 정도는 괜찮듯이, 이제 물질적으로 갖출 건 다 갖췄으니 행복하게 사는 방안을 연구해야 할 텐데 말이다. 애들 공부 덜 시키고 학원 안 보내도 큰일 안 나고, 원할 때 눈치 안 보고 있는 휴가 다 써도 되는 나라가 될 수는 없는 걸까.

위협적으로 보이는 흑인 청소년 무리들이 눈에 띄면 피해서 빙 돌아다닐 때마다 '그래도 내 나라가 최고지' 하면서도, 사실은 잘 모르겠다. 한국에서 행복할 수 있을지.

유럽에서 좀 더 제대로 살아 보고 싶다. 꼬질꼬질하지만 미워할 수 없는 '서양 문화의 어머니' 나라 이탈리아도 좋고, 예전부터 애정이 있었던 프랑스도 좋다. 어디든 유럽은 전체적으로 자유롭고 평등하다.

그래서 사실은 여기서 알바라도 구해 볼까 하는 생각도 해 보았지만 이제 와서 뚝딱뚝딱 말도 안 되는 짓이라 일단은 명령에 따라 한국으로 다시 끌려간다. 마침 저 케이크를 먹을 때 동기들이 "흘러가는 대로 해."라고 카톡을 해 줘서, 한국에서 생각하는 시간을 가져 볼 계획이다.

케이크 하나에 네덜란드 체류 소회부터 나라 걱정, 내 미래 고민까지 참 많은 생각을 했다.

흘러가는 대로

2023. 7. 16.

해외 근무를 곧 끝내고 귀국을 준비하며 또 새로이 배운 진리는 '포기하면 편하다'는 것이다. 최근에는 보증금을 과연 제대로 돌려받을 수 있을지가 최대 고민이었다. 어리석은 중생 아니랄까 봐 사기당할지 모를 것을 미리 걱정하고, 그러면 해외에 있는 사람을 상대로 어떻게 싸워야 할지 머리를 싸맸다.

청소 업체를 2주 정도 미리 불러서 집을 깨끗이 하고 집주인을 보여 주자니 내가 임시 숙소로 거처를 옮겨야 하는 불편함이 있었다. 이집을 끝까지 누리면서 내 수중에 보증금이 들어오는 걸 확인하고 떠나는 법이란? 없다.

그런데 '좀 못 받으면 말지 뭐—'라고 생각하면 괴로울 일이 아니다. 번듯한 집에서 누리다가 별 탈 없이 살다 간다고 생각하면 상당액을 뜯긴다 한들 괜찮다. 과연 법륜 스님 말씀처럼 고통은 욕심에서 비롯되는 것이었다.

네덜란드 사람들은 깐깐하게 따지긴 해도 정직해서 사기는 안 친다는 평(?)을 믿어 보기로 하며, '흘러가는 대로' 사는 게 역시 맞다는 걸깨닫는다. 유럽에 있는 동안은 좀 더 주변국을 보고 듣고 겪어 보자는 생각으로 또 영국을 여행 왔다. 비틀즈를 테마로 한 카페와 프레디머 큐리 집, m&m 월드 등 보고 싶은 건 많았으나 휴가를 길게 낼 수 없어 주말을 이용했다. 휴가를 낼 때에도 '흘러가는 대로—'

영국 동기네 집에서는 넷플릭스로 영화 〈서치〉 2편을 보았다. 잘 만든 영화다. 글을 쓸 때에는 작문력 자체보다도 상상력도 매우 중요하다. 나더러 이런 기발한 대본을 쓰라면 쓸 수 있을까. 요즘 사람들이 책을 안 읽고 영상물을 본다면 그에 맞게 따라가는 것도 필요하겠다. 두루두루 '흘러가는 대로' 길을 모색해 봐야지.

이상한데 멋있어

2023. 8. 6.

1. 또 무슨 알고리즘 때문인지 일본인의 재미있는 영어 발음을 놀리는 유튜브 영상이 뜨길래 한참을 보며 웃었다. 우울할 때마다 보는 내 웃음 벨이다. 얘네는 이렇게 영어를 못하는데도 어떻게 서구 강국들과 어깨를 나란히 할까. 결국 관계에 있어 영어를 유창하게 하는 것만이 꼭 답은 아니라는 거다.

2. XY라는 일본 신인 보이 그룹이 나타났다! 염색체도 아니고 이름이 XY가 뭐람. 무대는 난잡하기 짝이 없다. 노래는 한 명만 하고 나머지 애들은 춤만 춘다. 한 명이 웅얼웅얼 랩을 하다가 딴 애가 갑자기 바이올린 연주를 하기도 한다. 엑스 재팬 요시키가 프로듀싱했다는데, 역시 유명해지면 똥을 싸도 박수를 받는 건가?? 역시 K팝이 최고지…, 하던 중에 부끄러운 일이 발생했으니…, 그건 바로 잼버리.

3. 뉴스가 시끄럽다. 어느 언론에서는 과거 잼버리 때 비슷한 환경에서 일본이 어떻게 대처했었는지 조명했다. 부끄럽다. 일본을 따라 하지 않을 수가 없다. 고대로 똑같이만 하면 피가 되고 살이 되는 게 참 많다는 불편한 진실!

4. XY, 자꾸 보니 정이 들 것도 같다. 모아서 보니 이상하지 애들 한 명 한 명은 재능이 출중한 것 같다. 아무렴 요시키가 뽑은 애들인데. 나 얘네 팬 될 듯?

바스마티 쌀

2023. 8. 7.

　푸석푸석한 쌀로 만드는 아프간 볶음밥. 길쭉하고 서로 붙지 않아 따로 노는 쌀알들이 웬일인지 향긋해 중독적이다. 안 지 얼마 안 되었지만 이 쌀은 '바스마티 쌀'이라고 한다. 찰기가 없어서 오히려 더부룩하지 않고 속이 편한 느낌이다.

바스마티 쌀로 만드는 아프간 볶음밥

네덜란드에서 아프간 음식을 맛보고 좋아하게 되다니. 다 아프가니스탄 트레이너와 친해진 덕분이다. 외국인 친구를 사귄다는 건 그래서 내가 가진 세계를 확장시키는 것이다.

바스마티 쌀은 일반 쌀과 비교해 섬유질이 풍부하고 당 지수가 낮다고 한다. 후 불면 날아가는 약골처럼 보여도 척박하고 메마른 아프간 기후를 견디고 맺힌 존재들이다.

짝짝짝— 바스마티 쌀 칭찬해.

낯선 음식에 열려 있는 나 자신도 칭찬해 줘 본다.

짝짝짝—

꿈꾸는 두 사람

이탈리아 여행 중 만났던 E라는 친구는 외국인 친구들 중에서도 특별히 기억에 남는다. 이태원에서 일해 본 적이 있고 "이것은 맛있습니다." 수준의 아주 기본적인 한국어만 할 줄 아는 이 친구는 한국에 대한 애정 때문인지 포항에 작은 카페를 여는 게 꿈이라고 했다. 피렌체에서 두 번째로 만나고서야 자기도 그렇고 자기 부모님도 엄청나게 가난하다는 구체적인 개인사를 들을 수 있었다.

'에이, 설마.'

요즘 세상에 가난해 봤자겠지 하고 안 믿었다.

호텔 종업원으로 일하는 E는 고맙게도 내 여행 날짜에 맞추어 휴가를 내주었는데, 카페를 열기 위해 은행에 대출받으러 간다더니 빈손으로 돌아와 "가진 재산이 없어서 대출이 안 된대."라고 했었다. "너같은 사람들을 위한 대출 종류가 있지 않을까?"라고 나는 순진한 소리를 했고, E는 "그건 정말 소액대출이야."라 했다.

여행을 끝내고 나서도 가끔 연락을 주고받으며 알았지만 E는 한 달에 1,200유로를 벌어서 월세로 800유로를 내고 있었고, 그래서 일부러 수당을 받으려 밤 11시까지 야근을 하는 사람이었다. 내가 손님이라고 그 형편에 스테이크며 젤라토며 사 준 게 얼마나 고맙던지.

"지금은 혼자 월세 내기 힘들어서 룸메이트 두 명이랑 살지만 나중에 꼭 내 집을 가질 거야. 넌 꿈이 뭐야?"

"난 글도 쓰고 싶고 종교학 공부도 하고 싶어. 이탈리아에서 공부하는 것도 어떨까 해."

문화재로 가득한 광경에 눈이 휘둥그레져 이탈리아 좋다 좋다를 반복한 탓일까, E는 이렇게 말했다.

"이탈리아에 너무 집착하지 마. 좋은 나라가 아니야. 매일 하나씩 나쁜 뉴스가 나와. 최대한 많은 곳을 여행 다녀 봐."

그때는 그 말이 섭섭하게도 들렸었다.

"나도 잘 알아. 경제 수준 안 좋은 거랑 행정 느린 거랑…, 그래도 나한텐 정말 멋있는 나라야. 안 좋다고 말하지 마. 꿈을 이루기 위해서 뭔들 못 하겠어. 새로운 기회는 예기치 않게 찾아오기도 하잖아."

여전히, 이탈리아는 꿈꾸는 체류 후보지 중 하나이다. 그것도 아주 유력한.

꿈이 있어도 돈이 없어 못 하는 사람도 있는데 나는… 나는….

오늘도 늦게까지 호텔 프런트를 지키고 있을 E를 정말 응원한다.

열심히 모아서 포항에 카페를 열었으면 좋겠다.

"대접해 줬던 거 고마워. 나도 해야 하는데…."

"응, 담에 언젠가."

그 '언제'가 언제가 될진 모르지만, 열심히 살다 보면 오겠지?

박식한 사람이 되고파

정말이지 유튜브의 알고리즘 원리를 이해할 수 없다. 왜 떴는지 모를 '유다는 왜 예수를 배신했을까'라는 영상은 심오했다. 간단히 말하자면 유다도 유다 나름의 이유가 있었다는 거다. 나는 대충 '사람 간에는 마찰이 있게 마련이다.', '절대적으로 옳은 사람도 없고 틀린 사람도 없다. 나와 안 맞는 사람이 있을 뿐이다.' 정도로 이해했다. 이렇게 생각하면 왠지 위안이 된다. 예수도 욕먹으며 살았는데 뭐. 일반인이야 하루하루 힘든 게 당연하지!

그나저나 네덜란드에 산 지 2년 만에 안네 프랑크 하우스를 어렵게 방문할 수 있었다.
티켓 예매가 왜 이리 힘든지.

유다, 유대교, 유대인, 나치, 독일, 세계대전….
세상의 모든 지식은 이렇게 꼬리에 꼬리를 물고 연결되어 있다.
박식해지고 싶다.

버킷 리스트 2

(2022. 5. 23 일자로 썼던 글에 이어….)

해외 근무를 연달아 한 4년간의 내 버킷 리스트 업데이트 결과.

#이룬 것들

• 특별한 날 입을 예쁜 한복 하나 구입하기
— 한국 알리는 행사를 하거나 외국인 모임 있을 때 입으려는 원대
한 꿈을 품었으나 겨우 헬스장 파티 할 때 입고 갔다. 낭비한 것
같기도….

• 손으로 무엇이든 만들어 보기
— 뜨개질로 목도리랑 가방 만들어 봄. 실용적이었고 심심하지 않
았다.

• 나만의 블로그 운영해 보기
— 바로 이게 결과물. 예전에 썼던 글들을 보니 왠지 오글거려서 지
울까, 고쳐서 포장을 해 볼까 하다가…, 놔두자. 다 기록이다. 글

에서 솔직함을 빼면 뭐가 남으리.

• 바티칸에서 성탄절 맞이하기
— 아무나 못 하는 경험이었다. 뿌듯!

• 타로 카드 배우기
— 타로심리상담사 자격증을 땄다. 민간자격증이라 솔직히 돈 주고
　사는 거지만. 없는 거보다야 낫겠지. 실제로 타로를 읽을 줄 아
　는 건 다른 영역이다. 이거, 사람 대하는 스킬이랑 엄청난 말발
　이 요구되는 일이다. 난 아닌가 벼.

• (한 번만) GM다이어트 해 보기
— 인터넷에 떠돌길래 궁금해서. 잠시 디톡스 차원에서 딱 한 번 해
　보는 건 괜찮은 것 같다. 일부러 단식도 하는데. 그렇지만 두 번은
　해롭다.

• 홈베이킹 즐기기
— 내 작품을 남들과 나눌 때의 즐거움이란!

• 튀는 염색해 보기
— 또래 여직원들과 모의 작당해 반반 핑크 염색을 해 보았다. 물이

너무 금방 빠지더라.

• 홈 파티의 호스티스가 되어 보기

— 초대에 응해 준 친구들아 고마워.

• 상황이 허락하는 한 해외여행 자주 다니기

— 터키, 핀란드, 에스토니아, 벨기에, 몰타, 바티칸, 이탈리아, 덴마크, 영국, 폴란드.

• 새로운 외국어 배워 보기

— 일본어를 배워 보았다. 딱 4개월 배우고 말아서 아무짝에 쓸모없게 되었지만. 독특한 문자 체계에 학을 떼고 세종대왕이 얼마나 위대한 분인지 새삼 느끼게 되었다.

#지운 것

• ~~근육질 몸 만들어 보기~~

— 뭣이 중헌디? 겉으로 울끈불끈한 거? 생활 속 건강과 즐거움?

#한국 가면 해야 하는/하고 싶은 것들

- 제일 먼저 병원 투어
— 몸속 구석구석 샅샅이 찾아보자. 어쩌면 사리가 생겼을지도 몰라.

- 체크카드 재발급/통신사 방문

- 안경알 갈기/하드렌즈로 바꾸기

- 이미지 컨설팅(스타일링 상담) 받아 보기

- 사이버대학교 알아보기

- 유학원 알아보기/성당에 가서 이탈리아 유학해 보신 신부님이나
  수녀님 물색하고 정보 얻기

양심 사회 네덜란드를 떠나며

2023. 8. 15.

정착 초반, 동서남북도 모르고 교통카드도 아직 못 만든 채로 현금만 들고 트램에 올랐다가 아주 당황한 기억이 있다. 주변 승객들이 십시일반으로 동전을 모아 내가 가진 지폐와 바꿔 주었고 다행히 목적지까지 도달할 수 있었다. 그게 네덜란드에서 겪은 첫 번째 큰 사건이다. 덩치가 압도적인 사람들은 이곳 날씨처럼 얼핏 우중충하게 보였으나 말이라도 걸면 한없이 친절했다. 혹독한 첫 겨울을 지내고 튤립이 피어날 때쯤 나도 천천히 마음을 열었다.

내가 파악한 네덜란드 사람들 특징 중 하나로는 돈 계산에 매우 악착같다는 것이다. '좋은 게 좋은 거지' 하는 가치관을 가졌다면 이들과 계산을 할 때 야박하다는 생각을 가질 수 있다. '두루뭉술한 반땅'은 잘 통하지 않는다. 손익계산에 매우 철저한 사람들이다. 그러나 이들이 주장하는 논리가 다 맞는 게 함정. 그러므로 믿어도 좋다.

또 이 사람들은 매우 정직하고 시간 약속을 잘 지킨다. 사람인가 로봇인가 싶을 정도로 단 1분도 늦지 않는다. 그렇게 철저하면서 또 한편으로는 느긋한 여유와 미소를 잃지 않는다.

물론 그간의 생활이 아주 평탄하지는 않았다. 많은 일들이 있었다.

아주 많—은 일들이.

비슷비슷한 업무 환경에서 고통을 나누었던 동기들이 간간이 명언도 남겨 주었고, 덕분에 잘 버텨 올 수 있었다.

"규정과 원칙대로 처리했으면 남의 평가에 마음 아파하지 마. 너의 노력과 진심을 알아주는 사람이 있을 거야. 비위 맞추다 부정 저지르기보다 원칙대로 열심히 하는 사람 되자." (프랑스 동기가 해 준 명언)

가까운 동료 두 명이 세상을 등졌다는 소식을 접했었고, 잘못 없이 징계를 당했던 옛 직원은 대기업에 스카우트 제의를 받았다며 내게 연락을 해 오기도 했다. 이렇게 살다 보면 좋은 일도 나쁜 일도 번갈아 나타난다.

인사이동도 마찬가지다. 네덜란드는 원해서 온 곳은 아니었지만 뜻하지 않게 너무 좋은 것들을 보고 겪었다. 내가 느낀 네덜란드는 양심 사회, 신뢰 사회, 행복을 위해 고민하는 사회다. 경제관념이 철저한 사람들이 모여 부국을 만들었고, 더 나아가 인권과 복지, 환경, 자유까지 생각한다.

아쉽게도 한국에 돌아가지만 언젠가 한번은 다시 와 볼 나라로 기억에 담아 둔다. 또 한국 가서도 좋은 기억들 만들어 가야겠지.

비바람이 있으면 튤립이 있듯이

아쉬움이 있으면 즐거움이 있고

헤어짐이 있으면 만남이 있는 법이니.

실망하셨다고요? 네덜란드 이주 정보나 관광 안내 내용이 하나도 없으면서 왜 제목에 '네덜란드'를 넣었냐고요? 언제든 어디에서든 별 것 없는 하루하루가 글이 될 수 있어요. 시간을 타고 날아가 버릴 하루를 기록으로 붙잡으면 특별해지죠. 네덜란드에서 사는 분들, 네덜란드가 아닌 외국에서 사는 분들, 고향을 떠나 사는 모든 분들, 떠돌이로 사는 분들, 사색하기 좋아하는 분들, 끄적이기 좋아하는 분들에게 제 기록을 용기 내어 펴 보이고 공유하고 싶었어요. 경험을 공유한다는 건, 공감을 시작하고 유대를 확장할 수 있는 힘이라고 생각하거든요. 누가 알까요. 문장 한 줄 덕분에 생각지도 못한 인연을 만들게 될지. 떠돌이 돌멩이가 어디로 흘러갈지, 다음 책을 쓰게 될지 아닐지도 정말 모르죠.

참, 이 책이 나온 지금 저는 서울입니다. 하루는 청사 건물에 들어가려는데 입구를 지키는 경찰이 저를 막더군요. 신분증을 목에 걸고 있었는데 사진 면이 잘 안 보였나 봅니다. 신분증 좀 보여 달라기에 여기에 걸지 않았냐는 뜻으로 손으로 가리키니 얼굴을 아주 가까이

대고 확인을 하는 겁니다. 나 직원 맞는데! 침입자 아닌데! 제 기분이 어땠을까요? 네, 아주 기쁘고 뿌듯했습니다. 자기 본분에 충실한 사람은 언제나 아름다워 보이는 법이죠. 그저 주어진 자리에서 본분을 다하며 살아가야 함을 새삼 새겨 봅니다.

열심히 흘러 보아요. 거칠지만 언젠가는 빛날 원석인 여러분에게.

—유석—